共和国故事

创造辉煌

——华北油田开发与建设

郑明武 编写

吉林出版集团股份有限公司

图书在版编目（CIP）数据

创造辉煌：华北油田开发与建设/郑明武编. —

长春：吉林出版集团股份有限公司，2009.12

（共和国故事）

ISBN 978-7-5463-1884-4

Ⅰ. ①创… Ⅱ. ①郑… Ⅲ. ①纪实文学 – 中国 – 当代 Ⅳ. ①I25

中国版本图书馆 CIP 数据核字（2009）第 237794 号

创造辉煌——华北油田开发与建设

CHUANGZAO HUIHUANG　　HUABEI YOUTIAN KAIFA YU JIANSHE

编写　郑明武

责任编辑　祖航　李娇　关锡汉

出版发行　吉林出版集团股份有限公司

印刷　三河市嵩川印刷有限公司

版次　2010 年 1 月第 1 版　　2022 年 1 月第 8 次印刷

开本　710mm × 1000mm　1/16　　印张　8　字数　69 千

书号　ISBN 978-7-5463-1884-4　　定价　29.80 元

社址　吉林省长春市福祉大路 5788 号

电话　0431 – 81629968

电子邮箱　tuzi8818@126.com

版权所有　翻印必究

如有印装质量问题，请寄本社退换

前　言

自 1949 年 10 月 1 日中华人民共和国成立至今,新中国已走过了 60 年的风雨历程。历史是一面镜子,我们可以从多视角、多侧面对其进行解读。然而有一点是可以肯定的,那就是,半个多世纪以来,在中国共产党的领导下,中国的政治、经济、军事、外交、文化、教育、科技、社会、民生等领域,都发生了深刻的变化,中国人民站起来了,中华民族已屹立于世界民族之林。

60 年是短暂的,但这 60 年带给中国的却是极不平凡的。60 年的神州大地经历了沧桑巨变。从开国大典到 60 年国庆盛典,从经济战线上的三大战役到经济总量居世界第三位,从对农业、手工业、资本主义工商业的三大改造到社会主义市场经济体制的基本确立,从宜将剩勇追穷寇到建立了强大的国防军,从废除一切不平等条约到独立自主的和平外交政策,从"双百"方针到体制改革后的文化事业欣欣向荣,从扫除文盲到实施科教兴国战略建设新型国家,从翻身解放到实现小康社会,凡此种种,中国人民在每个领域无不留下发展的足迹,写就不朽的诗篇。

60 年的时间在历史的长河中可谓沧海一粟。其间究竟发生了些什么,怎样发生的,过程怎样,结果如何,却非人人都清楚知道的。对此,亲身经历者或可鲜活如昨,但对后来者来说却可能只是一个概念,对某段历史的记忆影像或不存在,或是模糊的。基于此,为了让年轻人,特别是青少年永远铭记共和国这段不朽的历史,我们推出了这套《共和国故事》。

《共和国故事》虽为故事,但却与戏说无关,我们不过是想借助通俗、富于感染力的文字记录这段历史。在丛书的谋篇布局上,我们尽量选取各个时代具有代表性或深具普遍意义的若干事件加以叙述,使其能反映共和国发展的全景和脉络。为了使题目的设置不至于因大而空,我们着眼于每一重大历史事件的缘起、过程、结局、时间、地点、人物等,抓住点滴和些许小事,力求通透。

历史是复杂的,事态的发展因素也是多方面的。由于叙述者的视角、文化构成不同,对事件的认知或有不足,但这不会影响我们对整个历史事件的判断和思考,至于它能否清晰地表达出我们编辑这套书的本意,那只能交给读者去评判了。

这套丛书可谓是一部书写红色记忆的读物,它对于了解共和国的历史、中国共产党的英明领导和中国人民的伟大实践都是不可或缺的。同时,这套丛书又是一套普及性读物,既针对重点阅读人群,也适宜在全民中推广。相信它必将在我国开展的全民阅读活动中发挥大的作用,成为装备中小学图书馆、农家书屋、社区书屋、机关及企事业单位职工图书室、连队图书室等的重点选择对象。

编　者

2010 年 1 月

目录

一、 发现油田

● 很多当地的农民也赶来观看，并奔走相告：
"我们这里出油了!"

● 张文彬宣布："大会开始!"顿时，炮声、锣
鼓声、唢呐声响成一片。

● 康世恩高兴地说："任4、任6井都是3269
钻井队打出来的，这个钻井队是一支班子
好、干部思想好、干劲大、技术过硬的
队伍。"

燃化部组织找油会战

1972 年 5 月，新成立的燃化部召开专门工作会议，决定组织一场渤海湾石油大会战。

顿时，正在几千里之外参加江汉油田会战的万名石油职工奉调北上，加入华北石油勘探队伍。

于是，寂静的华北大地上再次掀起了找油热潮。

其实，在华北找油的历史非常久远，甚至可以追溯到 1600 年前的晋朝。

《文献通考》曾经记载："晋光照元年（公元 306 年）六月，范阳地燃……"

这里的"范阳"，即今河北省定兴县。"地燃"是燃烧的天然气苗，并已被作为燃料。

20 世纪 30 年代，李四光从地质力学理论的研究中预测，在中国东部辽阔的平原下，埋藏着"有重要经济价值的沉积物"，这"有重要经济价值的沉积物"，就是指石油。

1945 年，著名地质学家谢家荣认为平原区有石油储存的可能，并建议在唐山、矩野等处先进行钻探。

新中国成立初期，百废待兴。当时我们从国民党手里接收过来的是一个烂摊子。1949 年全国石油产量不过 12 万吨，其中有 5 万吨还是人造石油，天然石油不过 7

万吨。

发展国家的工业、农业、交通运输业和提高人民的生活水平，处处都需要石油。

而石油从哪里来呢？过去，长期靠进口"洋油"，中国成了帝国主义国家倾销洋油的市场；现在解放了，中国人民还能靠洋油过日子吗？显然是不能的。

面对这种情况，当时许多地质学家都向人民政府建议，应该加强石油地质勘探。

1955年初，根据专家们的建议，燃料工业部石油管理总局召开了第六次全国石油勘探会议，会上决定在华北平原开展石油勘探工作。

与此同时，地质部也将原普查委员会的任务，从一般的矿产普查改为石油和天然气普查、勘探。为此，地质部还专门召开了第一次全国石油普查工作会议。

在此次会上，与会人员一致决定，由普查委员会组成新疆、柴达木、鄂尔多斯、四川、华北5个石油普查大队。

其中，华北平原石油普查大队的组成，主要以地质部华北地质局物探局226队为基础。226队的工作范围东至渤海，南至北纬35度，西至太行山麓，北至冀东山地。

1956年，石油部西安地质调查处成立了华北钻探大队，并在南宫县明化镇打了华北平原的第一口基准井华1井。

接着，又在固安牛驼镇打了冀中坳陷上的第一口探井固1井。

1963年，地质部第一石油普查大队京津区队，在钻凤1井时，在埋深为735至1153米的沙河街组，见到了良好的油气显示，这是冀中最先见到油气显示的探井。

同年，石油部制订了在华北进行综合性区域勘探规划，决定以大庆勘探队伍为主，组织华北会战，并提出"区域展开、重点突破、各个歼灭"的勘探方针。

1964年1月25日，中共中央批转了石油部党组《关于组织华北石油勘探会战》的报告，批示中指出：

这是继大庆油田大会战之后的又一次重要的会战。

同时，中央同意把原华北石油勘探处扩组为华北石油勘探会战指挥部。

华北石油勘探会战指挥部成立以后，这个地区的石油勘探工作取得了较大进展。

1964年7月，黄骅坳陷港1井奥陶系获工业油流，这是华北第一口古生界出油井。

1965年9月，地质部第一石油普查大队3203队在任丘地区所钻的冀参4井，在沙河街组获得良好的油气显示，证实下第三系具有生油能力。

1969年3月，为了大规模地开展冀中地区的石油勘探工作，迅速拿下冀中坳陷，中央同意在霸县成立冀中石油勘探指挥部。

指挥部按照"区域甩开，重点突破，快速找到大油田"的原则，决定抓住冀中坳陷中的隆起带和深坳陷边缘的断阶带进行勘探。

随后，雄1井、岔1井、宁1井等相继投入钻探。却没能发现像样的油田。

不久，由于大批勘探力量挥师北上参加辽河石油会战，冀中石油勘探工作，处于停顿状态。

找油道路上的几次曲折，并没有使在华北勘探的同志失去信心。

燃化部决定组织渤海湾油田大会战，加快华北石油勘探工作进度。

1972年冬，受胜利油田沾11井奥陶系石灰岩层中喷出高产油流的启示，华北石油勘探指挥部所属钻井二部的32103钻井队，跨过津浦线，踏上了冀中平原，成为20世纪70年代重上冀中，扎根勘探的第一个大型钻井队。

从此，冀中平原的石油地质勘探工作进入了一个新的历史时期。

召开专门会议研究勘探事宜

1972 年底，冀中的冬天异常寒冷，凛冽的北风把在室外工作的勘探人员的手，吹裂了大大的口子。

然而，困扰 32103 钻井队的，不是寒冷，而是方向，只有有了正确的勘探方向，才能尽快找到石油。

在当时，32103 钻井队重上冀中，在面积达 3 万多平方公里的冀中平原再度展开石油勘探工作，应该往哪里打？如何下手？这是一个重要的、十分审慎的问题。

根据燃化部"大战凸起，猛攻灰岩"的勘探方针，32103 钻井队首先对凸起奥陶系石灰岩进行了钻探。

很快，32103 钻井队就先后打下了大 1、大 2 两口井，然而，在灰岩层中都没有获得预期的效果。

随后，转入里坦地堑打下的大 3 井，也只在石炭至二迭系地层中见到微弱的天然气显示。

勘探的结果令 32103 钻井队很失望，一时间不知道该向何处钻井。

与此同时，另一支钻井队石油物探局成立的钻井大队，也用中小型钻机先后在牛驼镇凸起、徐水凹陷、桐柏镇构造等处打了一批浅井，有打进第三系的，有打进奥陶系、震旦系的，但都没有见到好的含油显示。

于是，冀中勘探又出现了暂时的僵局。

1973 年 6 月，燃化部石油勘探开发设计规划院组织召开了有石油物探局、华北石油会战指挥部、河北省地质局参加的专门会议，也就是后来为人所知的"突破口会议"。

在会上，有关人员认真总结了冀中地区多年来的勘探经验和教训，针对地下情况进行了较为周密的、科学的分析。

最后，各路专家共同研究决定，将高家堡、辛中驿（即任丘）、高阳、留路四个构造作为冀中地区寻找第三系油气藏的突破口。

同时，会议还确定了家 1 井、冀门 1 井、高 1 井、留 1 井等一批探井井位，并陆续投入钻井施工。

"突破口会议"为下一步的冀中勘探工作，指明了方向。也正是在此次会议精神的指引下，冀中地区的油田很快被勘探了出来。

会议结束后，勘探人员在高阳构造上打的第一口井不太理想。

接着的高 2 井就见到了好的油气显示，高 3 井则更好，发现了一个第三系油藏。

1973 年 10 月，钻井二部 3269 钻井队在高家堡构造上开钻了家 1 井。

1974 年 6 月，家 1 井于井深 3481 米完钻。6 月 30日，这口井在沙三段地层中喷出日初产原油 63.3 吨，天然气 4379 立方米的高产油气流。

家 1 井喷油，突破了第三系高产关，使多年坚持冀中勘探的人们坚定了信心，也让正在和将要投入冀中勘探的人们受到很大的鼓舞。

同时，家 1 井的这一成果，对后来勘探工作起到了引导的作用。因为它不仅是冀中中部的第一口工业油气井，而且是整个冀中凹陷第一口日产超过 50 吨的高产井。它说明，只要人们不断去探索，去开拓，在广袤的冀中平原上能够找到高产油气藏。

家 1 井喷出高产原油后，华北石油会战指挥部重新拟定了冀中地区的勘探部署，包括 24 口探井的一个新的勘探方案很快投入实施。

一场激烈的勘探之战开始了。

钻成日产千吨高产油井

1974年夏天，家1井喷油后，冀中地区的勘探重点转移到霸县至任丘一带，仅在这个带上，就布置了14口探井。

1974年秋天，除在外围的高1井、淀1井等相继开钻外，任丘构造上也在10月投入钻探任3井。

这年冬天，石油地球物理勘探局的32个地质队，在北起涿县，南到石家庄，西自太行山麓，东达里坦地堑的广大区域内，打了一场勘探大作战。

这32个地质队与先期展开的钻井队伍携手并进，相互配合，相得益彰。

1975年春节的前夕，刚刚结束了白洋淀边一口井钻探的3269钻井队，奉命转战任丘。

3269钻井队，是一支具有优良传统、积累了丰富勘探经验的钻井队。在这个队里，无论是干部还是群众，是技术员还是普通工人，他们都有理想、有干劲，为发展祖国的石油工业屡建功勋。

很快，3269钻井队的人和机器乘着几十部汽车开进了任4井井场。

此时正值深冬时节，任4井井场滴水成冰，除夕之夜，北风呼号。

就在刚刚支起的帐篷里，3269 钻井队的工人们决心在任丘这块土地上再干一番事业。

为了早日开钻，在春节的几天假期里，3269 队的职工就开始抓紧时间抢装机器设备。

1975 年 2 月 17 日，在辛中驿构造上的任 4 井破土动工，飞速旋转的钻盘将一根接一根的钻杆送入地层深处。

5 月 27 日，在钻至任 4 井 3 153 米处时，钻井队人员遇到了震旦系雾迷山组地层。按常规，出现这种情况，这口井就该结束钻探试油了。

但鉴于冀门 1 井取心见油的情况，当时任钻井二部副指挥的成雪峰、叶秉三同志，根据地质队同志的意见，及时作出了"任 4 井一定要加深，打进灰岩完钻"的决定。

于是，任 4 井在换了钻头之后，又继续向灰岩深处钻进。

与此同时，钻井二部地质组的技术员和工人密切配合，认真录井。

从井深 3 162 米开始，在成千上万粒细碎的岩屑中，地质人员找到了闪烁着油脂光泽的白云岩含油岩屑。很快，一包砂样接着一包砂样，从几颗到十几颗再到更多，油砂的数量逐次增加。

勘探人员心里有底了，任 4 井与冀门 1 井取心的结果正好相互得到了印证，这套地层的含油性也更加确定了。

当钻头打到井深 3 177 米时，井下出现了漏失泥浆的现象，这是地层中储集空间良好的标志。这个现象客观上表明了任 4 井白云岩层中缝洞发育具有一定的规模。

6 月 4 日，在白云岩层中打了 4 个钻头以后，钻至井深 3 200.64 米的任 4 井宣告完钻，至此，已钻开白云岩层 47 米多。

接下来讨论完井方案时，出现了两种不同的意见。一种意见仅从完井施工的角度考虑，认为钻井任务已完成，目的层沙河街组已打穿，井下情况又比较复杂，主张将油层套管下到第三系地层中固井，试上部地层的油。

另一种意见以任 4 井白云岩含油为依据，以冀门 1 井取心成果为佐证，认为应当把试油重点放到古生界碳酸盐岩地层这个新领域中，必须把套管下至潜山顶。

两种意见同时摆上桌面，分歧很大。

当时，地质队副队长柴桂林等地质技术人员，以及钻井队地质组的同志，都主张采取第二种方案。

第二种意见得到叶秉三和在大港参加华北石油会战指挥部生产会的成雪峰同志的支持，并很快得到了钻井二部党委书记兼指挥孙德福同志的同意。

随后，一个把油层套管下到潜山顶面的方案很快制订出来。

在下油层套管前，需要先在任 4 井井深 3 017 至 3 152 米井段打个悬浮水泥塞，之后，钻开水泥塞，把套管下到 3 135.53 米的固井。

6月底，钻井二部试油一队派出小分队到任4井帮助试油。

7月初，开始原钻机裸眼试油作业。

7月3日凌晨，散发着浓烈油香的黑色油流奔涌而出。顿时，整个井场沸腾起来。

很多当地的农民也赶来观看，并奔走相告："我们这里出油了!"

油田领导接到汇报后，十分重视，随后组织了对任4井的酸化作业。

9月，经酸化后的任4井日产原油达到1014吨，这是华北油田第一口日产千吨以上的高产油井。

任4井喷出的高产油流，给冀中勘探前线带来了一片生机。

随着这口井的诞生，一个全新的勘探局面出现了。

康世恩定名任丘油田

1975年7月，石油部规划院副院长阎敦实召集石油物探局、大港油田的有关人员开会，专门讨论研究调整冀中地区的勘探部署。

最后，会议决定收缩西线的勘探队伍，集中钻机加速任丘——辛中驿构造的钻探。

任4井出油后，石化部副部长张文彬立即责成大港油田抽调精兵强将，抢上任丘新区。

来自大港的精兵强将，在任丘县城南面的一大片盐碱滩上安营扎寨，这里很快就出现了一个由帐篷、板房组成的石油会战基地。

对一线井队，张文彬要求从任6井开始，坚持做到"三个必须"：

> 每口井必须指定人员卡风化壳；每口井必须组织工程技术人员上井；每口井必须派工作组，严格落实技术措施，特别是要组织好先期完井试验。

当时，尽快地查明任丘油藏的规模大小和油藏形态，是地质勘探的当务之急。

为此，地质专家们在展开的任丘构造图前，产生了一个科学的大胆的构想：那就是任丘构造可能是下古生界至上元古界基岩风化块体，大面积含油，这块土地下有埋藏一个大油田的可能性。

为了集中钻机迅速探明任丘油藏，冀中凹陷西部勘探战线立刻收缩，几个钻井队东调任丘。

3269 队也从任 4 井搬到任 6 井，只用了短短几天就开了钻。

在勘探人员的共同努力下，很快，日产上千吨的任 6 井打成了。

1975 年 10 月 26 日下午，任 6 井的成功使冀中探区沸腾了。

为了庆祝任 6 井的成功，会战指挥部新区前线为任 6 井祝捷的誓师大会即将召开。

井场周围人山人海，鲜艳的红旗迎风招展，喜庆的锣鼓震天动地。

用几辆大型平板车搭就的主席台两侧，悬挂着一幅幅巨型标语：

学理论，抓路线，大上新区创样板。

鼓干劲，争上游，高速拿下大油田。

主席台正中央悬挂着毛泽东的巨幅画像，画像两侧分别飘展着 5 面红旗。

沧州地委、任丘县委和任 6 井所在公社的负责同志，与石化部、物探局、河北省地质局的领导同志一起在主席台就座。

　　14 时 50 分，张文彬宣布大会开始。顿时，炮声、锣鼓声、唢呐声响成一片。

　　石化部部长康世恩在会上讲话。

　　在讲话中，康世恩讲述了任 6 井喜喷高产油流的重大政治意义和经济意义之后，向参加会战的钻井二部、战区各二级单位的工人代表、支援油田建设的农民代表表示热烈祝贺和亲切问候。

　　接着，康世恩说：

> 　　任 4、任 6 井都是 3269 钻井队打出来的，这个钻井队是一支班子好、干部思想好、干劲大、技术过硬的队伍。

　　最后，康世恩要求参战单位都要向 3269 钻井队学习，把"豆腐队"炼成"钢铁队"。

　　在一阵热烈的掌声中，张文彬宣读了石油化学工业部的贺电：

> 　　华北石油会战指挥部、石油地球物理勘探局并转钻井二部、新区前线全体职工同志们：
>
> 　　获悉你们继打出千吨高产任 4 井后，连续

作战，又打成了日初产 1 500 吨以上的高产任 6 井，消息传来，振奋人心。特向做出出色成绩的 3269 钻井队致以热烈的祝贺！向参加物探、试油、测井、地质、后勤供应等工作的工人、干部、技术人员致以热烈的祝贺！向支援会战的地方领导、民兵同志表示感谢！

在毛主席革命路线指引下，你们发扬石油工人革命加拼命的精神，大干社会主义，敢想敢干，敢拼敢上，在饶阳凹陷下古生界石灰岩中，连续打出高产油井，为渤海湾地区的石油勘探打开了新的领域；为加速石油工业的发展作出了贡献。

希望你们乘胜前进，继续认真贯彻执行毛主席的三项重要指示，发扬大庆"两论"起家的基本功和"三老四严"的革命作风，搞好"三基"工作，取全取准各项资料，把地下油藏情况搞清楚，不断扩大战果，尽快打出一个场面来，高标准、严要求、高速度、高水平地拿下新区大油田！

石油化学工业部

一九七五年七月二十五日

张文彬读完贺电后，会场上顿时响起雷鸣般的掌声和此起彼伏的叫好声。

康世恩笑眯眯地直起腰来，走到台前，用手势止住了人群的沸腾。

此时，康世恩用洪亮的声音向大家提议，把这个新发现的油田叫"任丘油田"。说罢，康世恩还把一面绣着"钢铁钻井队"字样的锦旗亮相似的向台下展示了一番，然后庄重地授予3269钻井队。

接着，康世恩迈着稳健的步伐，走到油池旁，为任6井喷油剪彩。

霎时，人们奔跑着、欢呼着，里三层外三层围在油池旁，不约而同地屏住呼吸，静静等待着那放喷的时刻。

一位老工人，激动地颤抖着一双手，用力搬动了阀门。

刹那间，一阵轰隆隆巨响，油龙从海碗粗的油管喷射而出，摇头摆尾，在空中腾起漫天油雾……

这罕见的奇观炸开了人群，他们互相拥抱着，跳跃着，欢呼着。有的工人还把铝盔抛向空中，释放着难以抑制的激情。

钻井二部生产科科长李延材，就像当年在五十七师从军时打了个大胜仗似的，摇着前边一个小青年的肩膀，喊响了当时流传的顺口溜：

> 谁说会战苦，我说最幸福。
> 天天传捷报，越干劲越足。

随着任 4 井、任 6 井的出油，任丘这块土地上不断有油井被勘探出来。

从 10 月下旬到次年的 1 月下旬，任 7、任 11 几口井先后建成千吨高产油井，其中任 7 井日初产高达 4 600 吨。

任 9 井、任 13 井钻进潜山后也先后见油，并且继续向潜山深部钻探。后来，任 9 井酸化后放喷，获得日初产 5 400 吨以上高产，成为任丘油田历史上初产量最高的一口井。

最后，任 13 井在 3 510 米探到了任丘油藏的油水界面。

至此，任丘油田大局已定，"六口井定大局"一时传为美谈。

伴随任丘油田这一新的找油领域的开拓，在全国范围内的一场潜山找油热迅速兴起。在渤海油田、大港油田、胜利油田、辽河油田以及全国许多油田，也都找到了古潜山式的油气田和油气藏。

任丘油田的发现，成为我国石油勘探史上的一块新的里程碑。

二、 勘探会战

● 张文彬铿锵有力地说："要不要实现开门红，能不能实现开门红，绝不是无足轻重的小问题。"

● 一位中央领导指着石化部当时主管生产的副部长孙敬文质问："你们石化部过去每年都超额完成任务，唯独今年完不成，为什么？"

● 张会智披着衣服来回踱了几步，说："任丘油田的油，就像河，哗哗地流。我们是搞采油的，不尽快去采、去管理，谁去！"

谷牧批准大会战报告

1975 年 12 月 27 日，广阔的华北大地，雪后初晴，阳光灿烂。会战指挥部在大港油田、冀中新区前线分别同时召开了"夺取明年首季开门红誓师动员大会"。

誓师会上，锣鼓喧天，红旗招展，人山人海标语醒目。战区各条战线的职工、家属 2.1 万人在主会场和 30 多个分会场参加了大会。

张文彬、任成玉及华北石油会战指挥部冀中会战领导小组成员马永林、毛华鹤、孙德福、唐克伦等出席会议。

张文彬在讲话中强调指出：

要不要实现开门红，能不能实现开门红，绝不是无足轻重的小问题，而是关系到如何对待毛主席和党中央一系列重要指示的态度问题。我们一定要认清形势，紧急行动起来，横下一条心，拧成一股绳，群策群力，大干快上，坚决打好开门红这一仗……

对于冀中会战，这次誓师动员会更像一针强心剂，它鼓舞了士气，振奋了人心。

1月1日，誓师会议刚刚结束，任丘至沧州输油管道开工仪式隆重举行。

10天后，南马庄马2井中途测试，下古生界地层油管自溢出油，这是继任丘油田后外围地区古潜山的第一次突破。

在油田现场喜报频传之时，会战指挥部也在忙着筹划更为重要的事情。

1月17日，石油化学工业部向国务院汇报了关于任丘地区打出高产油井的情况。

接着，根据石化部召开的"关于冀中1976年部署会议"精神和部领导的指示，冀中会战领导小组编制出了《冀中凹陷1976年勘探部署》。

根据这一部署，会战指挥部提出了"拿下任丘、解剖东部、外围广探、准备战场"的冀中会战任务。

这一勘探部署，是集体智慧的结晶，作为组织者，张文彬自然没少费心血。

说起张文彬，参加过新中国石油战线工作的同志没有人不知道他的。张文彬1919年出生于山西省岱县一个农家小院，1936年参军。1952年，接受毛泽东号令，他成了中国石油第一师政委。从此，离开了军事战场，来到了石油战场，曾先后参加过玉门、大庆等多个油田会战。

作为一名老军人，作为一个有20多年油田工作经历的张文彬，他所取得的辉煌成就是非常多的。

　　然而，作为几万石油大军的主帅，张文彬的担子并不轻。

　　当时由于众所周知的原因，石油产量也受到了影响。1976 年石化部年生产原油计划是 8 700 万吨，任丘油田若不快上，势必完不成计划。

　　早在 1975 年 6 月召开的全国计划工作会议上，闻知石化部欠产较多，一位中央领导就大发雷霆，指着石化部当时主管生产的副部长孙敬文质问："你们石化部过去每年都超额完成任务，唯独今年完不成，为什么?"

　　会后，孙敬文用电话把这一情况告诉了张文彬，要求任丘油田力保完成任务。

　　另一方面的原因是，国家能源的确紧张，每年安排计划，不允许把可能达到的生产水平降下来。

　　鉴于这两种原因，在制订 1976 年勘探计划时，张文彬主张边勘探、边开发。

　　为了使这一主张具有很强的可行性，张文彬一次又一次召开领导、地质及工程技术人员、工人代表三结合会议，并常找地质、工程老总们"聊天"。

　　终于，为边勘探、边开发提供了一条可行性措施，即一井多用。就是对有的探井或详探井，打完以后根据情况变成生产井或注水井，还可能变成观察井、检查井。

　　于是，"一井多用"成了任丘油田的一大特点。

　　随着《冀中凹陷 1976 年勘探部署》的出台，组织一场全国支援的会战已是必要的了。

1976 年 1 月 30 日，一份来自石化部的报告，摊开在国务院副总理谷牧的写字台上：

　　　石油化学工业部
　　　关于组织冀中地区石油会战的报告
国务院：

　　……

　　任丘油田位于冀中凹陷的中部，在其周围还有 16 个古潜山式的构造。因此，在冀中地区集中力量加速勘探，很有可能再找到几个任丘式的油田……

　　一、会战的任务

　　冀中石油会战打算分两个阶段进行。

　　第一阶段的任务是：

　　1. 开发和建设任丘油田，再打二十几口油井，建成相应的集油管网、泵站和注水工程，建成年产一千万吨原油的配套能力。这项任务要在今年内完成。同时，今年要抢建任丘至沧州、沧州至山东临邑的 280 公里输油管道，同正在建设的山东至南京的输油管道衔接起来。

　　2. 加速钻探任丘东南面的南马庄、八里庄、河间、留路和任丘南面的武强等构造，打探井三十多口，争取再找到几个任丘式的高产油田……

二、会战队伍的组成……

三、关于会战的领导问题……

四、当前急需解决的几个问题……

上述意见，国家计委、建委在一月二十一日请有关省、市、自治区的负责同志，共同进行了讨论。各省、市、自治区的同志都表示支持。

以上报告，如可行，请批转有关省、市和部门。

石油化学工业部

一九七六年一月二十八日

谷牧一口气看完，笑了。他思忖片刻，用遒劲的字体，在报告的天头写道：

此件正在组织落实中，过几天还准备写一个简明材料，报主席、政治局。因组织领导牵掣省、市、部几家，须国务院批一下，请国锋、登奎、锡联同志审批。

谷牧

一月卅日

当天，这份报告在中央领导间迅速传递。华国锋、纪登奎、陈锡联分别圈阅。

从 1 月 28 日到 30 日，报告从呈送到周转、批复，全部程序只用了两天，就获得了批准。

石化部激动了！

冀中战场激动了！

张文彬更是激动。石化部的报告，从讨论、起草到定稿，每一个数据不知在他的大脑中过滤了多少遍……眼下，国务院批准了这个报告，能不让他激动吗？

这一夜，张文彬失眠了。他几次走出住所，只身在院中踱步，任凭冷风嗖嗖，不时翘望星空。

和张文彬一样，在这一夜，很多人都失眠了，因为一场新的石油勘探大会战就要打响了！

石油大军开进冀中

1976年初，国务院对《关于组织冀中地区石油会战的报告》的批复，像和煦的春风，吹开了任丘会战的油浪花。

1976年2月24日，中共河北省委、中共天津市委和石油化学工业部党的核心小组决定，成立华北石油会战指挥部。由石化部副部长张文彬兼任华北石油会战指挥部党的核心小组组长、会战指挥部指挥。会战指挥部机关设在任丘。

曾组织过多次石油大会战、被康世恩誉为"福将"的张文彬成竹在胸，挥起令旗：

> 以原华北石油会战指挥部（即大港油田）为主，并由胜利油田、吉林石油会战指挥部、长庆油田等单位，派出队伍，参加会战。要在三四月间，集中80个钻井队和采油、油建、运输、机修等队伍，共3万多人。
>
> 参加会战的队伍，必须成建制，携带现有设备、指挥机关和配套的后勤辅助设施，保证一到会战地区，即可投入战斗。

顿时，石油战线又开始涌动起来。

从四季如春的南国，到白雪皑皑的北疆，铁马金戈，旌旗猎猎，车轮滚滚。参战的各路豪杰星夜兼程，会师冀中。

"丁零零……"

一天深夜，在大港油田指挥部里，突然响起了一阵急促的电话铃声。

深更半夜来电话，对于大港的指挥张会智来说已是家常便饭，可这次电话却出乎意料地让他兴奋。

这是一道指令：

　　上级要他马上组织队伍上任丘油田投入采油工作。

接到命令后，张会智周身骤然热了起来，他匆匆走出家门，连夜召开会议，研究上任丘油田的具体方案。

"能否过几天上？"有人用商量的口气试探。

"过几天是什么意思？"张会智用不容置疑的口气问。

"过几天就是春节，过了春节再上任丘……"

"不行，一天也等不得。"

张会智已经 56 岁，军人出身的他，一遇到紧急任务，仍像当年在五十七师那样事不过夜。

此时，张会智披着衣服来回踱了几步，说："任丘油田的油，就像河，哗哗地流。我们是搞采油的，不尽快去采、去管理，谁去！"

那一夜，张会智以战前动员的口气讲了很多，最后，他响当当甩出一句话："成立24人小分队，一天时间准备，后日起程，抢上任丘。"

第二天，先遣小分队的24名男男女女，奔走相告："我明天上任丘！"

当时24人，谁都未到过任丘，只听说任丘有油。有油就足够了，采油工就是采油的，问与油无关的事是多余的。

一番急如星火的准备之后，有关部门当天就为这24个即将开赴任丘的同志开了欢送会。

接着，连夜装车，只要前线需要，都往车上抬。

张会智望着一辆辆整装待发的车，曾经身为军人的他心潮激荡：从参军那天起，他对前线这两个字就不陌生。五十七师转成石油师后，仍然没离开过前线。这前线虽然不是战火纷飞，但仍需要那种前仆后继、敢拼敢冲的精神。就是凭着这种精神，在祁连山下的玉门，在冰天雪地的大庆，在涛声不绝的渤海之滨，每一次有任务，他就往前冲。没想到的是，在他年近花甲之年，又赶上了个好时候。听说任丘是个油海，在退休之前能为国家建设这样一个大油田，实在是找油人的福分。

想到这里，张会智异常激动，他快步走到一辆辆车前，拉拉这根绷绳，拽拽那块帆布。觉得放心之后，他冲身边几个姑娘朗声笑道："好啦，赶紧回去休息。别忘了给家里讲清楚，任丘前线起火带炮，忙得邪乎，活多人少不好周转，估计一年半载回不了家。让他们别想你们，也不许你们哭着闹着要回家。"

小姑娘们把张会智的几句真话当笑话听，哈着热气暖了暖手，叽叽喳喳地跑了。

第二天，天刚蒙蒙亮，走的人和送的人就把车围住了。张会智是个直脾气，一见婆婆妈妈的样子就觉得有损战斗力。

于是，张会智用生气的口吻喊道："上车，开路。"

车灯睁亮了眼，人让开了道。

"嘀…嘀…"

一辆接一辆，大港支援任丘的24人，威威武武地上路了。

当天中午，大港油田采油一矿矿长李大奇带领的采油一矿特车队、房建队、机关和生活服务部门的24名职工到达任丘。

到达目的地后，李大奇急急地走到车跟前，吩咐大家各就各位，卸车清地基、搭帐篷。

就这样开始了在任丘的奋斗生活。

此后，大港油田在指挥马永林、副指挥张会智、郭志忠等领导的率领下，1400多人也快速赶到了任丘。

几乎是在同一时间，在庆阳河畔的长庆油田，会战指挥部召开了进军华北的声势浩大的誓师动员大会。

一份份决心书、保证书，搅得河水也为之欢腾。钻井二处，这支是由冷湖油田、玉门油田和四川油田的部分职工组建起来的能征善战、敢打硬仗的老石油队伍，秣马厉兵，快速动手，做好了行前准备。

2月28日，副处长孟文蔚等8人组成的打前站工作组风尘仆仆赶至深泽县城。同时，为便于调运的咸阳转运站也宣告成立。

于是，钻井二处的许多职工，在长庆油田副指挥赵文元、钻井二处领导高德峰带领下，分期分批跨黄河，越太行，在深泽县城西的沙丘荒地上安营扎寨。

具有新中国石油摇篮之称的玉门也不甘落后，在一个星期的时间里，史文升、王克忠率397名采油职工离开连绵起伏的祁连山，走出了玉门，赶到雁翎游击队的发源地白洋淀，在钻机林立、机声隆隆的氛围中，安营扎寨。

远在东北的吉林油田也开始了支援任丘的千里之旅。一声令下，马骥祥、汪启智率领吉林油田3600名勘探职工挥师入关，奔赴冀中。

诞生过"铁人"王进喜的大庆油田，接到会战命令后，党委立即决定，由党委常委、副指挥张鸿飞带队，从机关和二级单位选调干部，队伍要成建制，设备要"五好"，机构要齐全配套，带够需用的器材物资，组建一个完整的会战队伍。

各单位迅速动员，生产办、政治处、生活办以及配套的科室，还有闻名全国的1202、1205等8个钻井队以及测井、固井、试油、油建、运输、医院等生产后勤部门共2500多人，开始奔赴华北，并于6月底全部到达。

与此同时，胜利油田、辽河油田、新疆石油运输公司，以及云南的水电等职工，都纷纷拥向华北，支援冀中会战。

一切都是那样神速、神奇！

一时间，冀中大地红旗招展，彩旗飘飘，来自13个省、市、自治区的成千上万名职工和成百上千台设备、车辆，使任丘一带热闹非凡。

白天车水马龙，犹如一字长蛇阵。

夜晚灯火通明，犹如一个不夜城。

目睹当年盛况的当地人多年后还感慨不已：

> 那人、那汽车真是海了，前不见头，后不见尾。跟电影里打大仗似的，浩浩荡荡，连续几公里，都是身穿工装、头戴铝盔的石油人。

大量人员的涌入，使冀中"粮草"本来就不足的后勤保障，更加显得捉襟见肘。

当时，吉林油田支援会战的工人住在廊坊市万庄镇的莫其营村。这里不仅是一片沙地，更是有名的风口。遇到刮风天，这里是黄沙弥漫，蔽日遮天。

同时，食物和取暖问题也基本要自己解决，但是，这些困难难不倒英勇的石油工人。

就是在这荒野沙海里，由吉林油田的队伍组成的勘探四部，边搭板房、帐篷、工棚，边开始了生产运行。

不论白天黑夜，火车拉来的、汽车运来的各种设备器材随到随卸，是前线地往前线运，是后勤地往后勤摆。

在工作中，全体职工在汪启智等领导的带领下，不讲条件，快卸快摆快上，真是人人心里都憋着一股劲儿，燃着一团火。

在吉林石油工人的努力下，十几部小钻机很快更换成大钻机，开赴固安、永清、霸县一带前线，开始了紧张的工作。

阳春三月，与吉林油田的石油工人一样，肩负勘探任务的70多支钻井队分别进入自己的岗位。

茫茫碱地荒滩，机声隆隆，人潮涌动，连冬眠的野草也为之欢快地摇曳、舞动、歌唱起来……

于是，一场会战开始了。

领导狠抓思想政治工作

1976 年大会战之初，机构简单。

油田指挥部下设井下、采油两个指挥部，另有运输队、供应处和攻关队三个直属单位。

1976 年 5 月，姬永兴兼任油田指挥部临时党委书记、指挥，由于他协助张文彬负责全局的全面工作，所以日常大量的工作由张会智主抓。

随着大会战的展开，各路人马拥到了华北，到 1976 年底，油田指挥部职工总数已达 2913 人。

接着，又从玉门油田成建制调 397 人组建了采油四矿。

不久，又抽调队伍组建了二机厂、采研所、油田技校等单位。

队伍在迅速扩大，衣食住行和各项工作得有人管。谁去管？怎样管？管得如何？当时，任丘一大片帐篷，石门桥一大片帐篷，霸县、河间也分别有一大片帐篷。

油田指挥部摊子大、人员多、地点分散、产油量高，为了使指挥部这台庞大的机器高速运转起来，张会智充分发挥各基层单位的作用，建立了以调度为中心的生产指挥系统和领导成员早晚"碰头会"制度。

1976 年 9 月 1 日，华北石油会战指挥部政治部发出通知：组织工人检查团开展政治工作大检查。

这次大检查的实质是巩固和完善以岗位责任制为中心的制度，明确岗位标准，查找事故隐患和麻痹思想，营造学大庆经验、做大庆式人的浓厚氛围。

政工大检查，对参加过大庆会战的张会智来说太亲切了。他把这次大检查作为深入开展"工业学大庆"群众运动的号角。为了充分体现工人当家做主，成立了以他为团长的上百人检查团，详细拟定了油田指挥部政工大检查的细则。

10 月中旬的一天傍晚，张会智来到了油田指挥部一矿采油一队。

这个队自 1976 年 1 月组建后，张会智对其就提出了高标准、严要求。

这次，张会智来到这里，他先在用板房、帐篷围成的院里转了一圈，发现院内没有杂草，没有油污，四周挖了水沟，水沟以外的庄稼地里没有垃圾。

张会智满意地笑了，初秋的风拂动着未收获的庄稼和地边上的一排白杨，令他感到十分清新。

"呀，张指挥来了。"队长孙凤祥和正在开会的几个队干部把张指挥一行 3 人迎进了屋。

"张指挥，我们按你的要求，正在为工人评功摆好哩，你听听吧。"副队长贾先梅快人快语。

"不是我的要求，干部为工人评功，这是大庆人发明的。学大庆，也得学这一条。"张会智在木椅上坐直了身子。

"先从政工大检查说起吧，"贾先梅翻着笔记本，"为了保证学习，我们采取了 3 种办法：一是举办读书夜校，把每天晚上 8 时、4 时和零时班的职工组织起来，分期分批学习；二是对文化低、学习有困难的职工，指定专人结对子，帮他们学文化、学技术；三是建立政治问答本，互相答问。同时，我们还开展了井组之间、个人之间的学习竞赛。六井组的孙桂荣虽然孩子小，家务事多，可在学习上从不落后，硬是利用中午和晚上时间，写了 53 篇心得笔记。"

"呵，不错，不错。"张会智乐了。

"前几天，油建工人在吊装井口房时，一名职工不小心把取样闸门丝扣踩断，原油混合着天然气在 3 个多兆帕的压力下喷射出来，100 多度高温的原油从井口房里流出来，天然气在井场迅速扩散，如果遇明火，就会引起火灾，千吨高产油井就有被毁的危险。这时，李国兴不顾一切冲进井口房，天然气熏得他头晕目眩，他仍以顽强的毅力，关死闸门，制住了井喷，保住了油井。"队干部向张会智汇报道。

"好，真是个小铁人！对这样的同志要大力表彰，让大伙学习。"张会智笑着说。

接着，张会智好像突然想起什么似的，连忙问道："哎，那个小张现在怎么样？"

张会智问的这个小张，是 1972 年入厂的青工，作风比较稀拉，每年都要超假一两个月。

刚到任丘，在任 7 井上班时，这个小张和附近农村不三不四的人拉扯不清，结果被骗走了 50 元钱，小张就借口回家抓骗子，久假不归，队里用两封电报才催回来。

小张回来后，经过队干部的认真教育，已经转变成了一位好工人。

此时，队长孙凤祥听张指挥问小张的事，略显自豪地说："好多了，队干部前后找他谈心 20 多次，并发动骨干帮助他，现在，他每次会战都积极参加，不旷工，不超假，还利用业余时间给同志们理发，不少人都夸他好。"

"你们的工作做得不错，"张会智盯着几个队干部，说，"会战指挥部组织的政工大检查内容之一，就是要让后进变先进，让先进更先进。要把评、比、树活动坚持下去，把'三老四严'、'四个一样'落到实处。以往，你们制定了共 374 条管理制度，不要把它只留在墙上，要让制度从墙上走下来，变为每一个职工的具体行动。做到人人有专责，事事有人管，工作有标准，劳动有定额。你们队的六井组以往做得不错，要不断提高这口红旗井的管理水平，争当学大庆的标杆井组。"

张会智顺手拿起一本《实践论》，接着说："我们就是要靠'两论'起家，必须重视第一手资料，要组织职工大搞油井分析。"

张会智这次"微服私访"，对采油一队起了"润滑剂"作用，使这个队的各项工作高速运转开了。

年底，采油一队凭借优异的表现，被油田指挥部党委命名为"红旗采油队"，被会战指挥部树为战区标杆单位，还出席了河北省1976年的学大庆会议。

1977年上半年，针对几口井同时出现生产压差大、产量下降的问题，采油一队以"两论"为武器，坚持实践第一的观点，抓住地下油层污染严重这个主要矛盾，先后提出了对任6井、任4井和任36井再次进行酸化的建议。

采油一队的建议被采纳后，任6井、任4井和任36井的生产压差明显减小，产量上有了显著提高，仅任4井和任6井的日产量就比原来提高了290多吨。

与张会智一样注重思想政治工作的，还有赵复成。

赵复成也是个军人，转业后，参加过青海、大庆及大港等油田的生产建设。

30多年的风雨征程，使赵复成患上了高血压、心脏病、动脉硬化、失眠等症。

冀中石油会战的号角吹响前夕，赵复成在大港油田任党委第一副书记，因疲劳过度，各种病综合而来，往广州转院时还带着氧气袋。

住院期间，赵复成仍牵念着大港油田在任丘新区的勘探情况。吃了100多副中药未痊愈，他就匆匆出院赶赴任丘报到。

冀中会战初期，队伍上得猛、上得快，新成员大量增加，全油田一线职工 28 岁以下的青年工人占 70%。

要使这些年轻人在会战中茁壮成长，就必须用大庆精神去雕塑他们。

身为会战指挥部核心领导小组副组长的赵复成清楚地意识到，这是他这位党务工作者的职责。

因而，从会战开始，赵复成就充分发挥党群部门的职能作用，加强政治工作的队伍建设和阵地建设。

当时指挥部机关设有政治部，政治部主任李玉生便成了赵复成的搭档。

这两位老石油人，都在大庆会战的热潮中熏陶过，因此，对大庆精神有一种特殊的感情。

于是，赵复成便在战区喊响了一个口号："马达不能倒转"，即机关要为基层服好务，要坚持"三个面向，五到现场"，"下去一把抓，回来再分家"。

很快，在赵复成的带领下，会战指挥部就按系统组织起了由老工人、老标兵、老党员、老干部组成的"四老"宣讲团。

当时勘探、采油、油建、运输等 10 个单位，共组织"四老"宣讲团 51 个，有 210 名老同志深入基层宣讲 104 场，有 1.1 万多人听了宣讲。

为了巩固和扩大这一宣讲效果，赵复成、李玉生又请来了大庆 1202、1205 钻井队的代表，在井场谈心，在工地交流，使"三老四严、四个一样"等大庆精神在华北油田广为传扬。

轰轰烈烈的学大庆运动在整个战区开展起来后，会战指挥部党的核心小组从两级机关抽调干部200多人，组成58个学大庆工作队，分别下到钻井队帮助指导工作。

学大庆工作队积极宣传大庆口号，这些口号有：

天高我们攀，地厚我们钻，钢铁意志英雄胆，不拿下油田心不甘。

干革命不忘长征路，搞建设不忘南泥湾。

月当灯，风擦汗，冒冰雪，顶严寒，斗了大地斗老天，一心为了建油田，迎着困难朝前跑，咱吃的是碗"革命饭"。

一时间，大庆人的豪言壮语传遍了油田。誓师会、动员会、祝捷会、给先进人物披红戴花会随处可见，人们的脸上永远挂着幸福的微笑。

当时有一个很独特的现象，就是到处都有大喇叭。机关有、基层队有、施工现场有，真可谓"喇叭一响，集中思想，一个声音喊到底，无处不讲大庆精神"。

赵复成、李玉生还责成有关部门将阐释大庆精神的文稿印成小册子，发至车间班组，努力营造将大庆红旗插遍战区的浓厚氛围。

在这种氛围中，灿烂的思想政治工作之花到处盛开。

曾受到周恩来、刘少奇、朱德等党和国家领导人接见的闻名全国的1202钢铁钻井队第三任队长王天其，是一名老石油工人，在冀中石油会战初期，他任勘探四部副指挥。此时，赵复成、李玉生等人的思想政治工作也深深地影响了他。

在32634钻井队蹲点时，王天其得知一名钻工不上钻台干活，正闹情绪，就特意约他晚饭后散步。

在恬静、清爽的田野小径，王天其和这名工人边走边聊，无拘无束。

话匣子一打开，两人的思想就方便沟通了。

原来，那位钻工因脚大，没领到合适的工鞋，队长又说了些不中听的话使他烦恼，便拒上钻台。

摸清"病根"后，王天其特意安排人，定做了44号工鞋。

把鞋带回队上后，王天其嘱咐32634钻井队的队长要亲手送给那个钻工。

穿上新工鞋的钻工不仅愉快地上了钻台，心也和队长贴近了。

王天其发扬大庆精神，帮助处理各种问题的事例还有很多。

这年夏天，32875队搬到旧州打井，人员就位、设备安装就绪，就是迟迟开不了钻。

已是18时了，指挥打电话给王天其，说："你去看看，为什么不按指令开钻。"

当时，32875 队有的职工身患肝炎，人手紧张，个别不了解情况的领导又指手画脚地盲目批评，搞得队上职工都有抵触情绪。

了解情况后，王天其便在井场召集队干部开会，因势利导，请大家讲存在的困难和问题。

大伙七说八说，主要的一条就是缺人手。

"好，"王天其果断地说，"人，我从技校毕业生中给你们配，还有什么困难吗？"

这么大的事王指挥都解决了，谁还好意思提什么困难。

很快，32875 队的钻机愉快地"响"了起来……

会战人员劳动热情高涨

1975 年初，为了调动石油工人热情，张文彬责成有关部门筹备 1975 年度工业学大庆先进单位、模范人物代表大会。

在会上，张文彬要求把战区"三老四严""三个面向、五到现场"等方面的典型人和事叫得响响的，让人人学有榜样，赶有目标。

其实，这种大庆式的工作作风，张文彬早就带到了大港，带到了冀中。

在当时的环境下，很多工厂都被迫停工了，但在华北，在张文彬的带领下，无论是在渤海湾的大港油田，还是在冀中的任丘战场，始终是"奔腾急，万马战犹酣"。

张文彬的做法就是通过各种形式，调动石油工人的劳动积极性。

每打出一口高产井，就开一次祝捷会；每有一项新任务，就层层召开动员会、誓师会。

一次，在任 5 井井场，会战指挥部党的核心小组隆重召开"勇攀高峰、促石油会战誓师动员大会"。

悬挂于主席台正中的毛泽东的巨幅画像格外醒目，10 面红旗交相辉映。

鞭炮声、锣鼓声、催人奋进的乐曲声远近呼应。

在这热闹红火的气氛中，承担任 5 井钻井任务的勘探二部 32103 钻井队、负责试油和大型酸化的井下作业指挥部向大会报捷。

会战指挥部张文彬、马骥祥、姬永兴、马永林喜形于色，分别给两个单位的职工代表披红戴花。

之后，大会分别授予这两个单位锦旗。一面锦旗上写着"不断攀登新高峰"，另一面锦旗上写着"世上无难事，只要肯登攀"。

接着，在一阵紧锣密鼓声中，会场上亮出了"谁英雄，谁好汉，打擂台上比比看"的横幅。

同时，麦克风中传出了张文彬干脆有力的声音："打擂开始！"

霎时，各勘探指挥部和钻井队代表已如箭离弦，争先恐后奔上主席台，抢先摆擂台：

"我们二部摆擂台，英雄好汉请上来。"勘探二部率先在钻井质量、速度、安全等方面提出了挑战。

"打出千吨井，勇擒油龙王，蘸着汗水写捷报，向党的生日献厚礼。"勘探五部不示弱。

"不管兄弟单位指标有多高，勘探三部决心超！"

"谁英雄，谁好汉，庆功会上咱再见！"

"擂台上，比标准；井场上，比实干。我们今天来挑战，谁应战？上擂台，拿出指标比比看，我们共同赛着干。"

台上打擂，台下呼应，阵阵呼声、掌声此起彼伏，比、学、赶、帮、超，搞好石油大会战的信心和决心溢于言表。

参与会战各部的打擂比武刚结束，摩拳擦掌的钻井队便竞相登上擂台：

3269 钻井队队长声如洪钟："我们决心班进尺达到800 米……"

3295 钻井队、3232 钻井队和 3282 钻井队互不示弱，决心在井场上赛个高低。

殊荣如洗礼，参战职工的激情在祝捷会上得到了升华。誓师会、挑战书像重锤敲响鼓，撼动得参战职工心潮激荡。

每开一次祝捷会或每总结一项工作，就给先进人物披红戴花，表彰一批典型，竖起一批样板。有人曾经生动地描述这种方式：

红旗，锣鼓，报捷的彩车。
歌声，口号，祝捷的礼花。

红红火火之景催人振奋，不知有多少人流出了兴奋的热泪。更不知有多少人，在张文彬的这种方式的鼓舞下，艰苦奋战，奋力拼搏，开创了石油战线上一个又一个辉煌。

当时一位报社记者，看到张文彬的这种方法起到的神奇效果，便激动地对张文彬说："现在只有在你们这里能看到这种场面，你真胆大！"

张文彬笑而无语，他心里明白：不是胆大，而是国家缺油。毛主席早就说过：没有油，那飞机和汽车还不如一堆废铁。石油，石油，这是国家经济命脉中的血液呀。当年铁人王进喜和外国人赌气，打的是"争气井"，这股气永远不能泄。人，要有志气；队伍，要有士气；一个民族，要有豪迈之气魄。尤其是在国家经济不景气的情况下，作为一名从战场上走过来的老军人、老党员，不仅要有一股正气，更应有艰苦奋斗的精神！

一根火柴之光是微弱的。但，一根火柴可以点燃万堆篝火！

张文彬是这样想的，也是这样做的。

在工作中，张文彬经常下工地，吃住都在施工现场，无论多苦多累，他都能忍受。

在张文彬身边工作的人员看到张文彬年事已高，还要主持其他工作，就劝张文彬休息一下。但是张文彬不为所动，一有工夫就去施工现场干这干那。

记者听到张文彬的事迹后，来采访他，但是记者"跟踪追击"找不到他。

一位诗人，找不见张文彬的人，就写他的车。这诗人叫李小雨，诗的题目叫《部长的车》：

部长在不在？

045

只需看看他的车。

车在，也许他正在做报告、订计划，

车走，不知道他又在哪片云里工作。

水箱中，装过玉门的雪、渤海的浪，

大庆油燃遍半个中国。

两道车辙印，向东？向西？

一只方向盘，永远对着石油河。

白天，像一片绿叶从平原飘过，

夜晚，像一颗流星在空中闪烁，

这时，钻台上的工人都爱挥动手套：

看啊，部长又给咱送来了什么？

烈日下的清泉？寒风中的皮袄？

也许拉着赶队上前线的小伙，

今天啊，新区会战方案，先交给群众，

明天，满车该装回捷报和凯歌！

这车上还开过党委会，哈，真热闹，

车上，像一下子冒出两千条石油河，

争着、吵着，拳头攥出汗，

晌午啦，不要紧，车上开伙！

吃罢馒头，打个盹，

任脚下，河窄河宽；任头上，日出日落；

展开地质图，啊，又一场新的战斗，

到井场，到工地，到那不知名的荒坡！

多少个春夏秋冬，谁知道在哪过，

部长的目标啊，车轮怎能追着：

从每个石油工人的心坎，

直到壮丽的现代化祖国！

啊，此刻，部长又要出发了，仍似当年，

马嘶硝烟，浪溅延河；

听，车轮滚滚，震响大地，像在说：

革命，就这样前进！事业，就这样开拓！

这首诗就是对辛勤工作的张文彬"生活"的一个浓缩，一次升华。

在张文彬的带动下，冀中会战领导小组其他成员和广大石油工人，个个都不甘落后。

为了原油外输和为外围勘探准备战场，马永林等冀中会战领导小组成员和各个油井上的工人，都吃住在施工现场，工衣不离身。

当时，钻井工人住在帆布帐篷里，吃的是玉米面窝窝头、白菜和土豆。

春夏之交的冀中平原，经常刮风。一遇到风沙弥漫的天气，简直让人睁不开眼睛。

不少钻井队在帐篷还没有搭好、伙房还没冒出炊烟的时候，钻机就轰轰隆隆地亮开了"歌喉"。

在钻井一线，风餐露宿，几天几夜不休息的场面随处可见。会战职工困了，和衣而睡；饿了，吃几口冷饭，啃点咸菜。

1976年初，会战开始后，华北大地依然是天寒地冻。

然而，中央的会战命令已经下达，工程绝不能拖延。就在这样的低温下，各个钻井队接受了钻井任务。

接受任务的当天，很多钻井队队长就拿着图纸去找工程师。面对低温，工程师有些为难，担心这样低的温度，工人吃不消，工程也不好进行。

听到工程师的担心，这些钻井队的老石油工人笑了，他们自豪地说："这也叫低温，当时我们在玉门，在大庆钻井，那才叫低温。我们照样干了，而且干好了，华北这么高的温度，我们还感到没有挑战性呢！"

看到钻井队队员的激情，年轻的工程师说："你是老内行，那就不妨先试试。"

接着，回到钻井队后，钻井队的头头们又和队里的同志们一起商量，发动大家克服困难，打好会战钻井的头一炮。

几天之内，一座高高的钻塔，在华北大地上立起来了，钻机隆隆的声音，有节奏地回荡在崇山峻岭上空。

就在这样的低温下，各个钻井队开始了钻井作业。为此，很多钻井工人的手被寒风吹裂了很大的口子，他们也毫不在意。

有时，一不小心，喷出的油浆或泥浆喷到了钻井工人身上，寒风一吹，迅速在工人身上结了冰，很多人因此被冻病了。但是，他们即使发着高烧也不轻易离开工作岗位。

当时，有个叫张来财的钻井工人，才 18 岁，属于临时招进钻井队的农村小伙子。

进了钻井队后，张来财觉得能够为国家石油战线出力，感到非常激动，非常自豪。

每天清晨，张来财第一个来到工地，为开工做各项准备工作。

每天晚上，钻井队收工了，张来财要把工地上的各种工具收拾好，最后一个离开。

一天，华北大地刮起了西北风，在室外作业的钻井队都感到了寒冷，张来财所在的钻井队也不例外。

为了御寒，张来财等人喊着号子来驱寒。很快，张来财等人不仅不再感到寒冷，还开始冒汗了。

就在这时，队友李廷发说："快跑开，泥浆要喷出来了！"

听到喊声，很多工人都跑开了。但张来财没有跑，他想都跑开了，井架出了问题，谁来管呢。

"哗"的一声，泥浆喷薄而出，张来财顿时变成了一个"黑人"，脸上、身上全是泥浆。

泥浆迷住了张来财的眼睛，张来财就用手抹了一把脸，把泥浆抹去。

又回来的钻井队工友劝张来财回去洗一洗再来，队长干脆说："你回去洗一洗，今天就在家休息一下吧，你已经连续 30 多天没有休息过了！"

张来财笑着说："这点泥浆怕啥！我现在正是身强力

壮的时候，不要紧。"

就这样，张来财就带着满身泥浆又干了一天。凛冽的西北风吹来，张来财冻得直打哆嗦。

当天夜里，张来财发起了高烧，早晨起来，张来财吃了几片药，又去了工地。

队长知道后，发火了："你这个小张，怎么回事啊，病了也不去休息一下。毛主席他老人家告诉我们：身体是革命的本钱。现在你给我回去休息！"

然而，一向听话的张来财，这次没有服从队长的命令，软磨硬泡非要留在工地干活。最后，队长终于同意了。

在华北油田，像张来财这样拼命干工作的还有很多。他们加班加点，不分白天黑夜地奋战在冀中大地上，他们用感天动地的精神书写了一曲石油勘探之歌！

姬永兴带动技术创新

1976 年，冀中石油大会战时，钻井工艺还处在比较落后的状态。

据参加过会战的人员后来回忆：

当时使用的是五六十年代的钻井设备和工艺技术。当年开钻95 口井，仅完钻55 口，钻井进尺 16.4 万米。

面对这样的速度，会战指挥部的很多领导都非常着急，很显然，老"牛"是拉不起大会战这部"快车"的，改进工艺刻不容缓。

为此，张文彬、焦力人积极倡导、推进新技术和新工艺的应用，以期提高钻井速度与质量。

1977 年 3 月 5 日，在石化部副部长、华北石油会战指挥部党的核心小组组长焦力人的安排下，由 5 个勘探指挥部和后勤有关单位的领导、工程技术人员共 102 人组成的首期钻井学习班，前往胜利油田学习取经。

到达胜利油田后，学员们先听经验介绍，然后到3252 钻井队参观第二次开钻前的高压试运转，观摩学习有关设备安装、管理和井场规格化、泥浆处理等方面的经验。

在学习中，学员们分成 4 个班组，编入井队跟班劳动，对口学习。

经过努力学习，9 天后，学员们满载而归，高压喷射钻井、高效能钻头、优质轻泥浆三大技术引入到华北油田。

于是，很快在整个华北石油会战区，科学钻井形成了热潮。

在勘探一部 32613 钻井队的值班房里，张贴着本队钻头使用情况分析图，其中有两个钻头的使用情况对照。

前一个钻头，在井深 2 765 米的较松软地层，只打了 32 米；后一个钻头，在 3 140 米的较硬地层，却打了 56.55 米。

对此，队长牛凤才深有体会："根据不同地层，制定和选配合适的钻井参数及泥浆性能，钻井速度就快起来了。不比不知道，这里边的学问可大啦。"

与此同时，勘探四部 3233 钻井队也不甘落后，该队工人也在为改进钻井工艺而努力。

当时，3233 钻井队在钻雁 26 井时，使用的是老设备。在钻井过程中，泥浆黏度大，失水量大，泥饼厚，切力大，含砂量高达 3% 到 5%，泵压只能开到 3 至 6 个兆帕，下钻 8 个立柱就开始遇阻。

同时，由于泥浆含砂量高，泥浆泵易损件磨损厉害，修泵时间就占生产时间的 20%。

这样的时效、速度，又怎能实现钻井翻番的目标呢？经过多次讨论，这个队大胆使用"两筛一除"泥浆净化系统，即两个滚筒式泥浆振动筛，一个除砂器。

使用这种方式后，泥浆黏度、失水量、泥饼厚度、切力都明显降低，泵压上升到 9 至 10 兆帕，钻井速度大大加快了。

对这些情况，指挥部领导姬永兴通过《华北石油报》和深入基层都了解得比较清楚。经过几天的深思，姬永兴与马骥祥、马永林等副指挥"碰头"后，提出了开展"怎样实现钻井速度翻番大讨论"。

经指挥部领导班子集体讨论后，大讨论的提议获得通过。

为配合大讨论的展开，《华北石油报》在开辟专栏报道讨论情况的同时，还多次配发评论，引导会战职工从思想上来一个大解放，在战略上要有新高度，在速度上要有新突破。

那段时间，很多指挥部干部逢会必讲，到钻井队后见人就问："你们队的高压喷射技术怎么样？"

1977 年，年末岁尾，寒气袭人，而使用钻井新技术的气氛却越来越热。

12 月 19 日，会战指挥部在雁翎前线组成的高压喷射钻井教导队正式开学。各勘探指挥部的主任工程师、工程师、钻井队长、技术人员等人成为第一批学员。

姬永兴来到学员中间，语重心长地说："要实现钻井速度翻番，就必须采用钻井新工艺和新技术。高压喷射钻井是实现钻井速度翻番的重要措施之一。当前，我们的技术水平不高，基本功不过硬，技术力量不够，因而钻井速度打不上去。"

姬永兴带着浓重的西北口音，接着说："让大家来，就是希望大家认真学习，掌握高压喷射钻井技术。如果说过去我们是革命加拼命的话，那么今后应是拼命加科学。希望大家认真学习和推广高压喷射钻井等新技术，在战区带个好头。"

姬指挥的讲话，如推波，似助澜。

研究喷嘴的人多了。

琢磨钻头的人也多了。

"搅和"泥浆的人更多了。

经过学习，32613 钻井队的打井技术获得了很大提高。他们连续打了几口井，做到了打井速度一口比一口快，质量一口比一口高，大大减少了钻头的磨损和缸套、凡尔体等易损件的消耗。

在留 27 井，32613 钻井队还创造了 15 天进尺上 3 000 米、22 天进尺上 3 365 米、一只牙轮钻头打 883 米的战区新水平。

这个队的一条重要经验是：特别重视泥浆净化工作。该队党支部书记担任泥浆组组长，对于除砂器的使用、保养，该队除指定专人负责外，做到人人懂原理，个个会操作。

二次开钻后，对泥浆采取维护为主、处理为辅的措施，使泥浆保持全井低比重、优质、均匀、稳定，并达到高压喷射的要求。

为此，会战指挥部的姬永兴、马永林等领导立即在该队召开现场会，提出了书记挂帅、大抓泥浆的要求。

会后，各钻井队积极推广、应用开了32613钻井队的经验。

钻井各项技术的推广、应用，使华北油田的钻井生产进入了一个新的发展阶段。

1978年1至4月份，据对雁翎油田高压喷射钻井的27口井统计，该27井平均井深3080多米，和1977年全年整个战区没有采用高压喷射钻井技术的井相比，平均井深多680多米，建井周期缩短了近47天，平均钻机月速度提高了36%。

华北油田的创新，引起了石化部的注意。为此，石化部将华北油田推广高压喷射钻井新工艺、新技术的经验，向全国各油田作了特别推荐。

1978年2月12日，《人民日报》以《石化部在华北石油会战前线推广钻井新工艺》为题做了报道，并配发了短评。

报道说：

> 石化部为了实现钻井速度翻番的奋斗目标、大大加快我国石油工业的发展，在华北石油会

战前线连续举办了两期高压喷射快速钻井新工艺、新技术教导队。主要训练对象是领导干部（包括党委书记、钻井指挥、政治部主任）、技术骨干（工程师、技术员和井队干部）等。除华北油田外，全国其他一些油田也派人参加学习。教导队也是种子队，学员结业后，在原单位党委的领导下，层层举办教导队、训练班，大力推广和迅速普及这种钻井新工艺、新技术。

石化部党组副书记、副部长兼华北石油会战指挥部核心组组长焦力人和油田核心组其他主要领导亲自抓试点工作。他们首先抓好各级领导干部和技术骨干的学习，组织有理论和实践经验的同志，在会战前线举办高压喷射钻井教导队，两期培训学员153人。他们打算在3月份以前，把所有钻井指挥部主要领导干部、技术骨干和钻井队长普遍轮训一遍，全国其他油田也要分期分批派人参加训练。

石化部和《人民日报》的褒扬、肯定，成了华北油田科学打井的动力。

1978年5月20日，姬永兴趁热打铁，成立了华北油田钻井培训指挥部。

王礼钦、孙德福、游静裕、孟文蔚、王德儒、黄树泉等先后担任培训指挥部领导，这些人大部分是钻井技术上造诣较深的人。

于是，培训指挥部成了钻井生产的加油站和提高新技术水平的助跑点。大批生产技术骨干经过专门培训后，技术提高很快。

一时间，"钻井速度上台阶"、"科学打井上水平"等词汇在人们的言谈中使用频率越来越高。

油田印制的钻井三大技术小册子飞到了各钻井队及有关车间、班组。

新技术从理论上的普及带来了实践上的提高，科学技术是生产力，是速度和效益，很快就为钻井生产插上了翅膀。

在新技术的带动下，华北会战现场年进尺跃上 3 万米的井队屡见不鲜；金牌队、银牌队，一年比一年多；勘探三公司的钻井速度在全国钻井行列竞赛中名列第二。

郭志忠解决后勤问题

1976 年春天，冀中会战开始了。

冀中石油会战对"粮草"的需求量大得惊人。当时，从任丘石油城到各二级单位基地，从高层建筑到地下管网等设施，哪一处不需要油田的"粮草"？

会战初期，队伍上得猛，生产上得快，需要的"粮草"在按乘方速度增长。

其中，对作为运输工具的汽车，会战会场更是急缺。没有车，大量的生产和生活物资怎么进入油田，钻井、采油、油建、测井等生产设备，怎么就位？这些问题一直困扰着会战的展开。

作为会战后勤"当家人"的郭志忠，也感到了肩头担子的沉重。

郭志忠是陕西高陵人，1942 年 8 月参军，他转业后，无论是在玉门油矿，还是在克拉玛依、吉林、大港及辽河油田，既是指挥官，又是实干家。

在大庆油田，由于受余秋里、康世恩、张文彬等领导潜移默化的熏陶，郭志忠把工作看得比自个儿的身子骨值钱。

1976 年，冀中石油会战的号角一吹响，郭志忠就从大港油田转战华北油田，并担任华北石油会战指挥部核心领导小组成员、副指挥，主管器材供应，兼管机修、机动、财务、人事、教育、运输、生活等方面的工作。因而，有人把他叫郭指挥，更多的人则把他叫"后勤部长"。

1976 年 3 月 13 日，张文彬在任丘前线领导干部大会上要求：参加会战的各单位，一律 3 天之内搬到前线办公。

为落实这一指示，郭志忠一方面责成大港供应处组织人力、物力，准备出征；一方面统一规划，与以大港油田计划科副科长何周歧为组长的 5 人前线工作组一起，以会战大道中段为基准，向东丈量了 250 米，用活动木板房围了一个"四合院"，组成华北油田最早的供应处机关所在地。

3 月 16 日，大港供应处 100 多名职工分乘 19 辆卡车冒雨开赴任丘，与先期到达的长庆油田供应处 200 多人会合一起，组成了任丘油田供应队伍的雏形。

当时是计划经济，太多物资来不及列入国家计划，有钱也没货，有货也不给。

为此，郭志忠开始了他的"跑路"生活，为此，他跑北京、去天津、奔石家庄。

身材矮胖的郭志忠似乎有跑不完的路、打不完的电话和写不完的信。上至国家计委，下至生产厂家，当年的老领导，在部队时的老战友，郭志忠跑不过来，就通过电话和信联系。

每到一处或每联系一次，郭志忠总有说不完的话，但没工夫寒暄。本来郭志忠是求人的，但他却口气挺硬，他掌握着那么多资金，找人办事时却没带一分钱礼品。

尽管如此，每到一处，郭志忠总能得到想要的物资和设备。

仅车辆而言，郭志忠就"跑"来了1 000多辆。法国的尤尼克、日本的大日野、捷克斯洛伐克生产的特种车辆等等。

将车辆这个突出的问题解决后，新的问题纷至沓来：成千上万吨的钻杆、油管以及其他大宗材料，在何处存放？随便放有的是地方，问题是存放在什么地方更为理想，既要离油田较近，又要集散方便，还要有利于交通，节省运费。

这方方面面，郭志忠想了又想，又带人实地考察、论证。

华北油田处于北京、天津、石家庄三大城市的中间地带，地理位置虽得天独厚，但和3个城市中哪一个也不沾边。

郭志忠到油田附近的京广、京津、京沪3条铁路干线的火车站及唐官屯、沧州、廊坊、保定等地和原有的周李庄转运库，察看了一遍又一遍，最后决定在保定建转运库。

地址决定了，郭志忠又多方联系，征地1412亩，建铁路专用线，建转运库家属区。

为此，郭志忠提出的总体方案是：

> 工程分段实施，分片施工，边设计、边建
> 设、边进货。

1977 年 3 月 20 日，华北石油会战指挥部工业学大庆先进集体、先进个人代表大会隆重开幕，河北省委、天津市委、石化部分别发来贺电祝贺。

在 5 天的会期中，石化部领导张文彬、焦力人及会战指挥部领导姬永兴总结工作、提要求，各路群英介绍经验、登台表态，其阵势就像打擂比武。

郭志忠置身于会场，也没有忘记他的后勤工作。在会议休息期间，他就曾多次与保定转运库筹建现场保持联系。

会议一结束，郭志忠立即赶到保定，与职工一起吃大饼、喝稀粥，参与工程建设。

经过 10 个月的日夜奋战，郭志忠等人就将设计吞吐量为 100 万吨的保定转运库建成通车。

保定转运库建立之前，华北油田的各种用料由沧州、唐官屯到廊坊的万庄，三面开张，非常零乱，况且每天要动用车辆分别到三处拉运，成本非常高。

保定库的建成，既减轻了铁路车站的压力，又节省了车辆运输的费用。仅沙子一项一年就节约运费 100 多万元。

于是，一个以周李庄转运站、保定转运站、任丘物资总库为物资周转的中枢形成了。

1976年7月28日，唐山大地震波及冀中。

面对突如其来的地震，华北油田总指挥张文彬迅速召开会战指挥部党的核心小组会议，成立了防震抗震领导小组。由郭志忠任组长，李全亨、孔靖、梁树魁任副组长，下设防震抗震办公室，由12个人负责日常防震救灾工作。

接受任命后，郭志忠连夜组织成立了医疗队、抢修队、运输队、高压输电线路抢险队、消防队，责成基层单位成立了抗震抢险突击队，并划分了抢险区域，明确了抢险任务，制订了实施方案和细则。

为了抓措施落实，郭志忠与领导小组成员分别深入任丘油田各个战区，现场督导，牵涉到面上的大事直接向张文彬汇报，保证了在地震期间照常打井、采油和输油。

正是有了郭志忠等同志的努力，才保障了后勤问题的尽快解决。而后勤问题的妥善解决，为会战的胜利提供了坚实的保障。

全国上下大力支援会战

1976 年初，冀中会战开始后，华北冀中地区不断发现高产井，这使石油工业部的领导同志，乃至党和国家领导人都异常振奋。

1976 年 6 月 3 日，副总理李先念带领国务院生产组有关同志，风尘仆仆地踏上了任丘这片热土。

李先念向来喜欢直来直去，到达任丘后，没有热烈欢迎的场景，没有繁文缛节的形式。一到目的地，顾不上休息，他就与张文彬等会战指挥部领导成员直话直说。

当听到油井日产千吨时，李先念欣喜之情溢于言表。他借用油田当时流行的一句话对随行人员说：“这可是大金娃娃呀！”

接着，张文彬用一堆数字摆出了困难：由于油田上得快，所需物资未列入国家计划。

当时中国是计划经济，有钱也不容易买大宗材料。

李先念听后，用坚定的口气说：“计划要适应变化，保‘金娃娃’是大事呀！”

简短的汇报结束后，李先念不顾旅途疲劳，下午驱车前往河间县南马庄，视察正在钻进的钻井队。

在井场、在机房、在钻台上……李先念目睹了职工们甩开膀子大干的动人情景，非常高兴，他勉励大家再接再厉，争取为国家多做贡献。

离开井队前，在井队一间板房会议室里，李先念听取了钻井队干部阎敦实的简单汇报。

一杯清茶，一顶草帽，日理万机的李先念那朴素、亲切的言行，像一缕春风滋润了参战职工的心田，使他们深受鼓舞。

这一夜，华北油田简易会议室里灯火通明。

在这里，会战指挥部核心领导小组成员与李先念济济一堂，共商油田发展大计。

在会谈中，李先念用草帽扇着凉风，又说又笑，显得十分开心。

张文彬看在眼里，喜在心头，他为李副总理有这样的好心情而高兴。

张文彬侃侃而谈："油田要大干快上，我们有决心，有信心。眼下原油外运和开发建设等工作，需铁道部、水电部、邮电部、一机部、冶金部、农林部和商业部、卫生部等有关国家部门协调、支援……另外，油田急需储备物资，我们提请财政部增加基建储备资金1.5亿元。根据原油生产及产能的增长，请求全年增加流动资金1.5亿元……"

此时，张文彬清楚，国家正处在困难时期，他不想让李先念为难，可八分钱开当铺也得周转开呀，况且这是国家级大油田。尽管他提出需求的款额是好几个亿，但这还是最低限度的保守数字。

李先念也深知张文彬的为难之处，听了张文彬的话，李先念轻轻点了几下头，便指示随行的有关负责同志：

　　对油田需要的钢材、水泥等物资，要想办法保证供给，切实为任丘油田解决实际困难。

李先念此行，对于张文彬等人来说，无疑是雪中送炭。

同年7月8日，李先念在河北省委书记刘子厚的陪同下，再次来到华北油田。

1977年5月17日，李先念第三次来到了华北油田。这一次，李先念是与余秋里等领导一起来的。

河北省委领导刘子厚、马辉，石化部领导康世恩、张文彬、焦力人等陪同视察。

18日，李先念一行数人视察了马38井。

下午，李先念等人又接见了油田处以上干部和先进集体、劳模代表。

中央领导的关怀，对石油工人来说，无疑是一种巨大的精神力量，鼓舞着石油工人们奋发向前。

与此同时，在中央的号召下，油田所在的地方政府也给了会战很大支援。

1976年初，中央批准华北石油会战后，河北省委就明确表示，要动员全省力量支援会战。

"华北油田是没有围墙的大工厂，是我们省的又一地

勘探会战

市。倾力相助，是我们各级组织的责任。"刘子厚、马辉等省委领导这样要求地、县领导。

当冀中石油大会战帷幕拉开之后，张文彬多次去河北省委、省政府汇报和请示工作，争取河北地方政府的帮助与支持。

为了更好地协调油田与地方的关系，加快勘探开发步伐，油田所在的沧州地区行署专员阎国钧、河北省建委副主任王志刚参与了会战指挥部的领导工作，河北省5个地区27个县先后成立了"支援油田建设办公室"。

早在任4井出油后，为抢修柏油路以便拉运原油，任丘县出动了一个民兵师，在临近收获劳动果实的季节，农民们没有犹豫，将已抽穗的玉米砍掉，用10天时间，抢修好近4公里的道路，使任4井的原油得以顺利外运，确保了任丘油田全年原油生产任务的完成。

在油田开发中，河北各界对石油工作的支持非常积极。

一次，在东陶村东，有3间亮堂堂的新房，房内的墙壁粉刷得雪白，房顶用花纸裱糊，描龙画凤的橱柜涂着一层亮油。这是老"堡垒"户赵国华为儿子结婚准备的新房。

当32143钻井队来到这里打井时，赵国华老两口儿劝儿子推迟了婚期，像迎接当年的八路军一样，把钻井工人迎进新房。

还有一次，乡亲们听到油田要建基地，纷纷把自家

共和国故事·创造辉煌

准备盖房用的土坯、砖瓦，一车车地送往油田建设工地……

一时间，冀中平原的乡村土路上，马蹄清脆，车轮滚滚。当时，冀中各地农村，只要听到油田有困难需要农民兄弟解决，他们无论多忙，都要放下手中的活，去支援油田。

一次，任丘正在下大雨，一个钻井队在从一井搬到另一个井时，搬迁的汽车陷进了泥泞里。

没办法，负责搬迁的石油工人只好到附近的村庄求助。而这里附近找不到大村子，工人们找了很远才找到一个村子。

但是，令人失望的是这个村子里只有5户人家，年轻的劳动力没有几个，根本没法帮忙把车推出泥泞的大路。

正当前来求助的石油工人感到失望，准备离开时，石油工人突然发现，这个村里有一家正办喜事。

此时正是14时，前来贺喜的宾客正在吃饭，听说油田的车陷在了泥里以后，年轻的小伙子们立刻放下了酒杯，披着塑料布就和石油工人一块去推车了。

就连新郎也脱下新衣，参加了推车。

小伙子们笑着对新郎说："算了，你别去了，有我们去就行了，你在家陪新娘子吧。"

新郎腾地红了脸，略显腼腆地说："帮助石油工人要紧！帮助石油工人要紧！"

就这样，陷在泥泞里的汽车，在新郎等人的大力帮助下，顺利开出了泥潭。

在油田会战中，河北人民对会战支援的感人故事非常多。为报答河北人民，石油工人在工作中，也特别注重保护农民的农田，并在必要的时候给予农民以力所能及的帮助。

李先念听到这事后，非常激动，他嘱咐刘子厚和张文彬，要继续发扬这种工农互助的好作风，促进工业、农业双跃进。

李先念三次油田之行和河北人民对会战的支援，使得冀中会战的步伐加快了。

一场勘探会战的高潮，迅速在冀中大地上掀起！

三、 建设高潮

- 队长李仁杰毅然夺过司钻手中的刹把,高声喊道:"同志们!太危险了,全部迅速撤离钻台。"

- 肖磊幽默地说:"还是雨中干活好,我感觉在雨中干了几天,我的皮肤变白了。"

- 康世恩明确地说:"要加速勘探北京、东部带探区,为1979年开发做好准备。"

钻探第一口硫化氢气井

1976 年春，华北石油会战在冀中平原展开。会战的第一战役以勘探开发任丘油田为重点，同时向任丘外围地区扩展。

在当时，华北油田的第五勘探指挥部，主要负责冀中南部的油气勘探工作。

为了早日找到石油，第五勘探指挥部组建伊始，机构还未完善，就已经指挥钻井队伍摆上勘探战场了。

1976 年 4 月 5 日，勘探五部 3223 钻井队在深泽低凸开钻了南部地区第一口探井泽 1 井，从此擂响了南部地区的石油勘探的战鼓。

5 月 20 日，位于赵兰庄背斜带上的赵 1 井，开始了钻探工作。

负责这口井钻探任务的是勘探五部 3222 钻井队。这个队始建于 20 世纪 60 年代的四川石油会战中，70 年代初期，曾参战长庆油田。

1976 年春天，勘探五部 3222 钻井队又不辞辛劳，长途跋涉，转战华北。

当时，赵 1 井是 3222 钻井队进入会战区后打的第一口井。

就在赵 1 井井场上，3222 钻井队职工用生命和鲜血谱写了一曲 70 年代石油战线"一不怕苦、二不怕死"的英雄壮歌。

赵 1 井开钻后，经过 3222 钻井队的艰苦努力，一个月后，钻孔已经延伸到离地面 2 000 多米的第三系地层中。

从 2 328 米开始出现油气显示，给这口井上的人们带来一阵阵喜悦。

6 月 25 日子夜时分，当钻头钻至 2 435 米时，意外的事情发生了：一股具有强大压力的硫化氢气流从井口呼啸而出，刺耳的喧嚣声将方圆几公里的人们从梦中惊醒。气流带着泥浆和少量原油，裹挟着石块和砂粒喷上高达 20 多米的井架二层平台之上。

面对强烈的剧毒气流，3222 队的英雄职工们为了保卫气井，抢救处在极度危险中的国家财产，他们不畏艰险，英勇奋战，与气流作生死搏斗。

全队职工一刹那团结得像一个人一样，他们把生死置之度外，前赴后继冲上井口，力图制止井喷。

在这场抢险战斗中，队长李仁杰表现出的大无畏精神，使人们久久不能忘怀。

这个四川农民的儿子，39 岁的共产党员，在危急的关头，毅然夺过司钻手中的刹把，高声喊道："同志们！太危险了，全部迅速撤离钻台。"

就这样，李仁杰把死亡留给了自己，把生的希望让给同志，在生命的最后一刻，他用整个身子压在刹把上，防止了带着数十吨重钻具的游动滑车下落，避免了一场井毁人亡的惨重事故。

就这样，李仁杰用自己的生命和鲜血，实现了为共产主义事业献身的誓言。

就在李仁杰倒在刹把上的那一瞬间，几经搏斗的司钻梁通荣，挣扎着冲上钻台去抢救队长，他摇摇晃晃地边跑边喊，没到井口就倒了下去。

这个 29 岁的四川青年，中国共产党的优秀党员，再也没能起来，就这样匆匆走完了人生的旅程。

在甘肃省兰州市长大的地质工陈录明，当时年仅 22 岁。在全队同志奋不顾身的抢险战斗中，他一刻也没有忘记自己的工作职责。

陈录明一边帮着抢救同志，一边努力录取井喷资料，记下了各种数据。

当陈录明冲到井口准备丈量方入的时候，凶猛的气流把他抛下了钻台。

就这样，这个年轻的石油战士把自己宝贵的生命贡献给了石油勘探事业，把一腔热血洒在了赵兰庄的土地上。

在一场激烈的搏斗过后，井上的国家财产保住了，井喷也因井下岩层被喷塌而自行停止。

为了表彰 3222 队的英雄事迹，河北省和石油部命名 3222 队为"一不怕苦，二不怕死英雄钻井队"。

通过赵 1 井的井喷，人们看到了赵兰庄的地下埋藏着高浓度硫化氢气田。

为了摸索出一套钻探硫化氢气藏的特殊钻井工艺和完井作业工艺，在石油化工部的组织下，全国各地的学者、专家、研究工作者，临时请来的技术顾问和华北油田的科技人员一齐汇集到赵 2 井，开展了科研和技术攻关。

紧密结合生产实际的现场科技攻关，再次显示出巨大的威力。这年 10 月，赵 2 井终于钻凿成功，测试后平均日产硫化氢气 7.5 万多立方米。这是我国成功钻凿的第一口硫化氢气井。

经过以后几年的详探，赵兰庄硫化氢气田基本查清，这种气田在中国和世界上都是少见的。

在此后不久，硫化氢气这一贵重的天然地下资源，就开始被人类所利用，为我国的四化建设作出了重大的贡献。

霸县潜山带喜报频传

1976 年 3 月底，霸县潜山带上的第一口井霸 5 井，在南孟潜山开钻。

这口井完钻于寒武系地层，未出油，但钻进中却见到了含油显示。

关于霸县潜山带有原油的说法，勘探人员是深信不疑的。

原来，霸县潜山带，又称"霸县二台阶"，是首选的外围勘探目标之一。这里背靠牛驼镇凸起，面临霸县生油凹陷，具有良好的油气藏形成条件。

早在 1975 年冬季，石油物探局在霸县地区的地质队伍，就一再加密勘探测线，重新认识霸县潜山带。

1976 年初，一张潜山形态清晰的新构造图勾绘出来了。在这个带上最先选中的勘探目标就是南孟潜山。

因此，虽然霸 5 井没有出油，但勘探人员丝毫也没有灰心。

6 月 14 日，在南孟潜山高部位的霸 10 井开钻。

8 月底，霸 10 井打进潜山。勘探人员在寒武系地层中钻进 142 米后，除见到几层含油显示外，还取出 1.93 米含油的石灰岩岩心。

在钻井过程中，还有许多油花随泥浆返到地面上来。

出现如此喜人的情景，人们异常兴奋。有关部门随即决定完钻试油。

9月4日，霸10井日喷原油500多吨，成为北部潜山的第一口高产油井。

霸10井出油后，北部战场的勘探局面大为改观。紧接着，数千人的勘探队伍和10多台钻机调集到霸县一带，展开了一场旨在拿下南孟油田，兼探周围潜山的小会战。

为此，勘探四部将半数以上的队伍投入南孟油田上来，勘探二部也派出队伍活跃在霸县二台阶一带。

各部协调作战，在短短几个月时间内，就把南孟这个阶梯式断裂形成的古生界内幕多层系、多储层和盖层组合的油气藏基本搞清，并很快投入开发。

这场勘探的结果，不仅探明了一个南孟油田，而且导致了龙虎庄等潜山高产油气藏的发现。

龙虎庄，位于河北省永清县境内，因民间曾有过藏龙卧虎之说而得名。而这里的地下深处，正是油龙气虎睡卧的幽深洞府。

龙虎庄的潜山，是霸县二台阶中段的一个山头。几条横贯东西的三级断裂，将龙虎庄潜山改造成高低不平的三个条块。在平面构造图上，它的形态又好像一颗扁平的杏仁。

1976年9月，勘探二部接连在龙虎庄潜山上，开始钻霸22和霸23两口井。

翌年的 2 月、4 月，两口井相继完钻。

其中霸 23 井在 2 200 多米进入奥陶系潜山后，石灰岩中油气显示良好。这口井测试后虽然出水，但水中也带出了少量原油。就是这少量的油，给勘探人员提供了龙虎庄潜山含油的信息。

由 3295 钻井队施工的霸 22 井，在比霸 23 井高 120 米的位置钻入潜山，在石灰岩中钻进 37 米多时，钻头探到了一个直径 45 厘米的溶洞。

随即发生了井漏现象，一会儿工夫，十几立方米泥浆便漏入地层不知去向。

在这里进行的中途测试，出了 200 多立方米油。

这口井钻到 2 191 米完钻，完井试油后喷出日初产 2265 吨的高产原油，龙虎庄油田就此问世了。

在地下沉睡了千百万年的油龙气虎终于见到了天日，龙虎庄也成了名副其实的"龙虎庄"。

霸 22 井获得高产油流，使全战区顿时振奋不已。以会战总部副指挥孙德福为首的前线指挥所很快进驻龙虎庄，以勘探二部为主力的各路勘探队汇集到龙虎庄和它的周围。于是，一场较大规模的勘探开发在龙虎庄迅速展开。

就在龙虎庄油田的眉目渐渐清晰的时候，在它的东面，又一个高产油气藏顾辛庄油气藏，在这场降龙伏虎的战斗高潮中被发现了。

顾辛庄潜山比龙虎庄潜山的位置低 1 000 米左右，更深地埋藏在霸县生油凹陷之中。

按照石油地质理论中差异聚集的原理，这里应该储有大量的天然气。

1977 年 4 月初，勘探二部 6003 钻井队在顾辛庄潜山上开钻了霸 21 井。

钻探中，霸 21 井于 3 389 米进入奥陶系潜山。在石灰岩井段中，大量的油气显示和严重漏失现象交替出现。

8 月，在霸 21 井中途起钻时，突然发生了强烈井喷。在随后进行的中途测试中，一股日产量在 100 万立方米以上的强大天然气流，携带着少量原油冲向天空，其势如山呼海啸，震耳欲聋，燃烧后的火焰高达 20 多米，极为壮观。

霸 21 井的这次井喷，也是华北油田有史以来最强烈的一次井喷。

为了制服气老虎，控制井喷，人们从四面八方赶到霸 21 井支援施工。

当时华北大地正值秋雨绵绵的时候，天上淫雨霏霏，地上遍布泥泞。

由于天雨路滑，汽车无法通行，成百上千的男男女女、干部工人在泥水里来回奔波。

雨来了，他们也不避雨，而是在雨中继续工作。特别是钻井队的小伙子们，他们在室外工作时间长，赶到下雨，他们也只能在雨中干活，有时雨一下就是 10 多个小时，他们就淋 10 多个小时，很多人皮肤都被水浸泡得发白了。

一个叫肖磊的幽默地说："还是雨中干活好，我感觉在雨中干了几天，我的皮肤变白了。"

就是在这种环境下，勘探人员用人抬、肩扛的办法把一批批压井物资源源不断送进井场。

很快，各种压井措施交替使用，成吨成吨的重晶石粉被拌和在泥浆内注入井里。

经过几个日日夜夜的持续奋战，人们终于控制住了井喷，喧嚣的井场也随之沉静下来。

顾辛庄潜山喷出高产气流，改变了人们头脑中的"冀中多油少气"的看法，也使石油工人们"气化首都"的愿望有了实现的可能。

霸县潜山带上的南孟、龙虎庄、顾辛庄等油气田的相继发现，使华北油田的潜山勘探，从一个高潮推向另一个高潮。

探明河间油气储量丰富

1976 年 6 月，勘探一部 32182 队钻的马 15 井，在井深 2 600 米以下的震旦系雾迷山组地层中，获得初试日产原油 630 吨的高产油流，发现了八里庄潜山油田。

其实，马 15 井所在的河间的潜山群具有非常好的储油条件，在潜山地下，潜伏着许多大大小小的古山头，这些古潜山，像一把明珠，疏密有致地散落在古老的河间府。

在地质上，这一带是冀中凹陷最主要的生油凹陷，即饶阳凹陷的中部。

从找油角度讲，这里具有其他许多地方都难以匹敌的有利条件。任丘大油田就在这个凹陷的北端。这些大大小小的潜山，犹如置身于一个生油物质的海洋中。

早在任 4 井出油两个月后，钻井二部就在这里开钻了留 1 井。

留 1 井钻到 2 000 米后，工程停止。接着，又打了新留 1 井。

这两口井都完钻于下第三系之中。留 1 井、新留 1 井在钻进至第三系馆陶组地层时，都见到了好的油气显示。

新留 1 井完井后试油，在 1 600 多米的馆陶组砂层中，获得日产 23 吨的工业油流，为华北油田找到了一个浅层油藏。

1976 年 6 月下旬，勘探三部 32675 钻井队在留路北山头上的留 10 井开钻了。

11 月中旬，留 10 井在井深 3 352 米处，钻进震旦系潜山，在雾迷山组见到了良好的油气显示。

11 月下旬，留 10 井在揭开白云岩层 14.3 米后完井，试油后喷出日初产近 2 000 吨的高产油流，留路北潜山油田就此被发现。

从这以后，河间地区的潜山勘探喜讯更是一个接一个传出。

1977 年 2 月，勘探一部 32552 队在河间潜山上钻探的马 20 井，在沙三段试油，获得油管畅喷的工业油流，首先发现了第三系油藏。

同月，勘探二部在南马庄潜山上钻的马 2 井喷油，发现了南马庄寒武系府君山组油藏，同时还发现了上覆第三系中的沙河街组油藏。

4 月，勘探一部 3228 队在河间潜山完成了马 38 井，在震旦系高于庄组地层中获日初产油 1 212 吨，发现了河间潜山油田。

9 月，3227 队在薛庄潜山上钻的马 71 井喷油，发现了薛庄潜山油田。同时，还在其上部第三系中发现了东营组油藏。

1978 年 3 月，6001 队钻的马 25 井获得日初产 1 327

吨的高产油流，使八里庄西潜山油田成为河间地区的又一颗耀眼的明珠。

同年4月，在会战指挥部的统一部署下，以勘探三部的5个钻井队为主，在留路北油田打了一场勘探开发小会战。

这次会战从潜山顶上的留24井开始，采用占高点，逐渐向油田边部扩展的打法，探井、生产井同时展开，只用了几个月就达到了预期的目的。

在留北油田探明的含油面积和石油地质储量都显示出，留北油田是一个面积小、储量大的小而肥的油田。

在河间这块土地下，新生界、古生界、元古界各套地层，砂岩、石灰岩、变质岩各种储集岩类，都可以形成油气藏。

从馆陶组砂岩到前震旦变质岩里，从1 000多米到四五千米的地层中，各种类型的油气藏接踵而出，似群星璀璨，给华北油田的发展历史增添了无限光华。

发现白洋淀多个高产井

1976 年 5 月，华北石油会战刚开始不久，远在深泽的勘探五部就派出一个钻井队来到白洋淀边，开始钻白庄子潜山上的白 1 井。

白洋淀在中国历史上非常有名，抗日战争时期，在华北敌后战场的白洋淀水域，曾经活跃着一支闻名中外、威镇敌胆的抗日武装雁翎队。就在当年抗日英雄们战斗过的这片土地上，英雄的石油工人竖起钻塔，谱写了一曲淀边找油的新歌。

在地质学上，古生界地层倾伏在白洋淀湖区深深的地下。在东北坡的半山腰上，白庄子和刘李庄两个紧临的潜山，分别隐藏在 2 800 多米和 2 900 多米厚的新生界地层之下。

处在良好成油环境中的这两个潜山，早就引起了人们的注意。

勘探五部派出的钻井队来到后，就开始了紧张的钻井工作。但是，由于当时的一些社会环境的影响，白 1 井被迫中途停钻，这使一个高产油田的发现整整推迟了一年的时间。

1977 年 5 月，勘探二部 4064 钻井队再次来到了白庄子潜山，在白 1 井原井场开钻了淀 2 井。

10 月中旬，经过一个夏秋的苦战，4064 钻井队完成了淀 2 井。淀 2 井钻入震旦系雾迷山组，打开潜山白云岩层 31 米。

10 月 16 日，淀 2 井经测试后，获得日初产原油 1 200 多吨的高产。

几天后，石油化工部发来贺电，热烈祝贺淀 2 井喜喷高产油流。

一个星期后，在淀 2 井井场召开的庆祝白庄子潜山油藏被发现的万人祝捷大会上，石油部领导决定将这个新发现的油藏定为"雁翎油田"，以纪念当年抗日英雄们的光荣事迹。

同时，会战指挥部党的核心小组决定，龙虎庄前线指挥所移驻雁翎前线，统一组织指挥一场白洋淀边的夺油大战。

核心小组还要求在最短的时间内，将雁翎油田探明查清，交付开发。

淀 2 井出油，给勘探二部上上下下带来了莫大的喜庆气氛。为此，勘探二部指挥机关作出决定：发扬当年大庆会战精神，紧急动员，争分夺秒，全力以赴压上雁翎油田。

在淀 2 井喷油后短短的几天内，各路勘探队就奉命以最快的速度赶赴雁翎油田。

当时，不少钻井队是星夜兼程赶到的。

有的前一口井刚刚交出，搬迁的车队就已经启动。

有的还在拆卸设备，住人的活动房屋已经吊上了等待出发的汽车。

很快，勘探一、二、三、四、五部的一大批钻井队，都按规定时间进入各自的钻探阵地，行动之快，真是前所未有。

与此同时，其他各路人马，在统一调度下，也不甘落后，都在较短的时间内，从四面八方汇集到雁翎油田上来。

原本恬静的湖区，顿时车水马龙，热闹非凡。

湖中，地震船穿梭作业，溅起阵阵水花；岸上，人们争分夺秒，一片繁忙。

当地的农民像当年帮助雁翎队一样，组织人力物力前来支援会战。

那种热火朝天的劲头，那种炽烈的会战气氛，亲身经历过的人们都有深切的感受。

最初的那些天，正碰上连日小雨，白洋淀边地势低洼，一下雨积水难排出去。几天下来，雨水使道路泥泞不堪，运送器材的汽车经常陷入泥泞沼泽之中，开不出来。

为了早日探明储量，人们不畏困难。他们或是手执铁锹给汽车一点点地垫路，或是背顶肩推赶着汽车前进。实在没有办法了，他们就用双手和两肩，将一车车急需的生产物资送进施工现场。

在搬迁的日子里，冷馒头就咸菜也使人们嚼得津津有味，多少人没有在床上好好睡过一觉。

接连多日的劳累，常常使得一些大小伙子穿着油腻的工作服，躺在一排排的钻杆上就睡着了。

大家的辛苦劳动换来了丰硕的成果，在雁翎油田上，石油工人创造出一个又一个奇迹。在雁翎油田的一份记录中这样写道：

> 短短四五天时间，勘探二部摆上了五台钻机，创出大规模搬迁最高水平。
>
> 32714 钻井队在雁 24 井，采用喷射钻井新技术，仅用了五天八小时多一点时间，钻开地层两千米。
>
> 32668 女子钻井队在雁 105 井创造了一天钻进 1411 米的好成绩，在雁 14 井又创造出用一只刮刀钻头钻进 2 301 米、两只刮刀钻头钻进 2 894 米的高纪录。
>
> 正在钻进中的雁 4 井，因连日下雨，土层松动，绷绳拔出地面，致使井架折倒。人们在清凉的细雨中只用了两天时间就拆除了坏架子，立起一部新钻塔，钻头又继续向地下挺进。

1977 年 11 月 21 日，在雁翎勘探会战的高潮中，紧临白庄子潜山的刘李庄构造上又传出喜讯：雁 24 井在第三系底部的砾岩层中获得高产油流，最高日初产达到 1

076 吨。

在刘李庄潜山找油过程中，勘探人员意外地找到了一个第三系砾岩油藏。人们的认识中又增添了新的内容。勘探工作者们的眼界再一次扩大了。

在任丘、南孟、龙虎庄等油田的勘探实践中，人们总结出一个成功的方法，即在短期内调集钻机进行集中勘探和开发。

这个方法用在雁翎油田，使这个油田在短短的几个月内就搞得清清楚楚，并很快转入开发。

就这样，在白洋淀，一口接一口千吨高产井在短期内被勘探了出来。

抢探抢打第三系结硕果

1976 年勘探会战的前几个月，油气勘探的重点主要放在古潜山上。

古潜山油藏储层集中，含油丰富，且能自喷高产，是拿储量、建产能的理想场所，受到了石油工人们的特别偏爱。

随着勘探工作的不断深入，几年以后，埋藏浅、规模大、形态简单、形成油气藏条件最好的那些古潜山多已被人们发现。

1978 年以后，古潜山勘探进入了深挖细找阶段，勘探目标转向深的、小的、复杂隐蔽的那些山头。

就在潜山勘探局面发生这种微妙变化的时候，1978 年，华北石油会战指挥部适时制定了勘探原则：

立足潜山夺高产，抢探抢打第三系，探索新领域。

1979 年，会战指挥部又提出了勘探指导思想：

油气并举，继续猛攻潜山，积极勘探第三系。

这样，对第三系勘探的步伐就加快了。

早在1976年初，勘探四部在积极进行潜山勘探的同时，就开始着手准备对京津地区第三系的勘探工作。

当时，在首都周围寻找油气，为北京人民的生产和生活提供就近优质能源，是党中央的期望，也是石油勘探工作者多年的愿望。

早在20世纪50年代，华北的第一口探井固1井，就是在离北京只有几十公里的固安南面打的。

60年代初钻的凤1井，井场就在大兴县境内。

1964年以后的几度勘探，在北京附近的河西务构造带上，打出了京参1井、河1井、京1井等自喷油气井。

由于京参1井喷油，从而发现了冀中地区第一个第三系凤河营油藏。

勘探四部到来以后，从1977年起，一些以第三系为目的的井相继投入钻探。

1977年4月，根据石化部发出"要加强北京附近的勘探工作"的指示，华北油田组建了一支新的勘探队伍，即北京勘探指挥部，从而大大加强了对首都附近的勘探力量。

1978年初，勘探四部与北京勘探指挥部合并成为新的"北京勘探指挥部"，冀中北部的勘探力量高度集中，加快了北京探区的勘探进程，使冀中北部战场的勘探局面得以改观。

从北京探区首先传出好消息的是，3274 钻井队在 1977 年 9 月底开钻的京 16 井。

这口井不到 1 000 米就穿过上第三系，进入下第三系地层。

1978 年 1 月 3 日，京 16 井在 2 982 米处完井。

1 月 6 日，京 16 井开始试油，在沙河街组三段的砂层中获得日产油 39 吨的好成绩，中岔口油田就此被发现。

在这个油田后来的详探过程中，又发现了安 40 井凝灰岩油藏，使中岔口油田的地质储量增加了 100 万吨。

京 16 井出油的喜讯，很快推动了北京探区第三系勘探的高潮。

1978 年 1 月 23 日，石油化工部部长康世恩在听取了冀中地区油气勘探工作报告后明确指示：

> 要加速勘探北京、东部带探区，为 1979 年开发做好准备。

康世恩的指示很快就见到了成效，在 1 月 29 日和 2 月 19 日，从别古庄构造上钻探的京 9 井和京 11 井先后传出喷油的好消息。

京 9 井和京 11 井的发现，宣告别古庄油田的发现。在别古庄油田，油藏埋藏浅，在仅有几平方公里的含油面积内，却有着 1000 多万吨石油地质储量，是冀中北部一个小而肥的第三系砂岩油田。

中岔口、别古庄两个油田的相继发现，打破了北京探区多年的沉闷局面。

1978年2月7日，兼任华北石油会战指挥部负责人的石油部副部长焦力人，在听取北京探区工作汇报后明确表示，要集中一大批钻机对北京探区的中央背斜带、东部断块区、西部断块区、牛北斜坡等四个找油有利构造带进行全面勘探。

很快，20多台钻机分别汇集到四个带上，第一批部署的21口探井全面投入施工。

从此，北京探区的油气勘探工作进入了一个新时期。

4月，新泉2井和泉36井相继喷出高产油气流，柳泉第三系油田正式被发现。

5月，十几台钻机搬上柳泉，打了一场控制含油面积、探明油气储量的小会战。这就是华北石油勘探史上有名的"柳泉会战"。

经过进一步的勘探，柳泉油田的面积大大扩展，拥有的石油地质储量和天然气地质储量，都非常可观，从而成为冀中北部的一个重要油气田。

1979年以后的两三年间，北京探区进入了油气勘探的鼎盛时期。

在这几年里，潜山勘探和第三系勘探双管齐下，双双获得成功，北京探区出现了更加喜人的局面。

1979年1月30日，京30井在奥陶系石灰岩中获得高产，打开了北京探区潜山勘探的局面。

消息传来，华北石油工人一片欢呼。于是，很快集中了八台钻机到京 30 井的周围，连续开钻了 13 口井。

钻探的结果使人们颇感意外，这 13 口井中只有一口井出油，其余的不是空井就是水井。

尽管如此，只有 1.3 平方公里含油面积的京 30 井油藏，却为日后建成永清潜山油田打下了基础。

1979 年 5 月，在京 30 井东北方向的刘其营潜山上，永 7 井在 3 000 米以下的奥陶系中喷出了高产油气，从而找到了永清油田的第二个石灰岩油气藏。

在潜山勘探屡获成功的同时，第三系勘探也接二连三出现新的成果。

这些油气藏与 60 年代京 1 井发现的韩指挥营油藏，一起构成了河西务油田。

至此，在首都门前的找油获得了巨大的胜利。

在首都门前进行找油的同时，在华北其他地方的找油也在进行。其中就有在岔河集的奋战。

岔河集位于河北省雄县境内，在地质构造上属霸县凹陷的西部断裂带。岔河集构造带西靠牛东大断裂，东面深深地扎进霸县凹陷之中。

这一带成油环境十分优越，早就引起人们的勘探兴趣。早在 20 世纪 60 年代末期，这里就打过岔 1、雄 1 两口井，但都没能取得成功。

1977 年，勘探二部又钻了岔 2、岔 3 两口井，虽然没有获得突破，但却获得了许多找油的线索。尤其是岔3井见到的油气显示，为后来进行的勘探提供了布井的依据。

1977年底，勘探四部地质队和石油物探局的地质工作者们又聚在一起，对岔河集地区的地震资料和钻探成果进行了仔细的分析研究。

经过讨论，在意见一致的情况下，与会同志共同拟定了岔4井位。

1978年1月，岔4井开钻，由勘探四部32636队施工。

4月，这口井打到2 273米完钻，井底层位为下第三系沙河街组。

到了这年9月，井下试油队打开井深1 900多米的两个油层，一股高产油气夺路而出，日初产154吨。

从此，岔河集地区成为华北油田勘探第三系油藏的一个重要战场。

岔4井出油后，勘探二部派出几台钻机继续在岔河集一带勘探，以期扩大成果。

1979年，岔12井和岔15井两个断块油藏被发现，这表明岔河集地区大有希望。

1980年，会战领导机关决定，组织第二、四、五等几个勘探指挥部的钻井队，尽快奔赴岔河集，进行勘探开发。

勘探人员采用以已经发现的油藏为中心，向四周稳步推移和蔓延的办法，取得了很好的效果。

在两年多时间内，勘探人员又新找到断块油藏近 10 个，基本弄清了这个带上的油气分布情况，使十几个不同层系的断块油藏连成一片，组成了一个较大面积的第三系油田，并很快就交付开发。

在岔河集油田取得丰硕成果时，在中部地区饶阳凹陷内的第三系勘探更是频频得手。

1979 年 4 月，勘探三部 32707 队钻成留 8 井，发现留西油田后，饶阳凹陷内的第三系勘探转入了高潮。

当时，勘探三部将钻井力量的大部分，部署在凹陷中央的几个构造带上，在勘探二部的少数钻机配合下，打了一场饶阳凹陷第三系找油的持久战。

1979 年，3228 钻井队打的宁 6 井出油，发现了肃宁油田。

1980 年 3 月，留 54 井发现埋深 2 700 米的东营组油藏。7 月，留 70 井发现了埋深 3 200 多米的沙一段油藏。这一深一浅的两个油藏，组成了大王庄油田的雏形。

后来的几年勘探，又陆续给大王庄油田增添了近十个储油断块。

1980 年 5 月，晋西构造上的留 17 井，在沙三段获得日产 32 吨的自喷油流后，接着按滚动勘探开发方式打井，很快将留西油田建成投产。

大王庄油田上的留 70－39 井，原是留 70 井油藏上的一口生产井。这口井加深钻进后，经过对沙三段的生物灰岩层试油，获得日产百吨以上的高产。

饶阳凹陷不愧是油源丰足的凹陷，潜山之花和第三系之花在这里竞相绽开。

1980年，在饶阳凹陷南部演武寨构造上打的强2井，于当年7月18日在沙河街组地层中获得日产24.5吨的工业油流。

1981年6月，在这个地区钻的强11井，也试出了低产油流。

在饶阳凹陷，第三系油井竞相开花的同时，其他地方的第三系也喜报频传。

在冀中南部的潜山、荆丘构造等很多地方都发现了大量的高产油井。

大量油井被勘探出来，让石油战线上的工人异常兴奋。为了尽快出油，以支援国家建设，于是，一场对油田开发和建设的战斗在整个华北油田打响了。

四、 生产开发

● 查全衡指着桌面上的报告问道："估计这个方案部里能批吧？"

● 两位助手似乎明白了张文彬的意思，相视一笑，说道："咱们的态度全在座谈会上明确了。"

● 张文彬抿了一口茶，接着说："下一步的工作，要更细、更实。从一开始，就要过细做工作，既要争取高产，又要力争稳产。"

石化部批准开发方案

1976 年初，在华北石油勘探会战展开之时，关于如何开发的问题也在进行讨论。

其实，早在任 4 井出油的时候，张文彬就责成有关部门提出任丘油田的开发设想。当时，负责提方案的是大港油田勘探开发研究院。

1975 年 10 月，由油田开发专家、大港油田勘探开发研究院工程师杨培山带队的 4 名科技人员，从大港油田赶赴任丘。

当时，华北油田只有任 4、任 6 两口井出油，任 7 井正在钻进，地质资料很少。

为了制订好开发方案，杨培山等人白天收集资料，晚上点上蜡烛整理分析任 4、任 6 两口井试油和试采情况，又参考国外碳酸盐岩油田的开发经验，在 1975 年年底提出设想，为开发任丘古潜山油田做了理论和技术上的准备。

1976 年一季度，任丘油田又有 4 口井相继获得高产，此至，油田总计有 6 口井投产，每天生产原油将近 1 万吨。

为了使油田开采进程适应高产井的需要，张文彬邀石化部石油勘探开发规划设计科学研究院总地质师李德生，总工程师童宪章，油田开发专家、副院长秦同洛、谭文彬，教授陈忠祥，油田开发工程师陆勇、王雪，大港油田研究院总地质师李绍光，工程师于庄敬等专家汇集任丘。

在讨论会上，专家们结合古潜山油田的特点，倾多年之心血，知无不言，言无不尽，广泛开展民主讨论。

有讨论就必然有争论，此次专家争论的焦点是：任丘这样的高产油田，是注水还是不注水，是早期注水还是晚期注水。

有的专家认为油田井底水能量丰富，不需要注水开发；有的认为碳酸盐岩油藏虽然有一定的天然能量，但油井自喷能力弱，应该采取早期注水，以保持地层压力。

围绕这一焦点，与会专家提出了开采方案：

一是石化部石油勘探开发组提出的不注水，依靠天然能量开发；

二是秦同洛等教授提出的内部面积注水；

三是陈忠祥教授提出的腰部注水；

四是以杨培山为主的勘探开发研究院提出的边部、底部注水。

各种方案都有充分的论证，究竟采取哪一个方案，成了一个难题。

1976 年 4 月 8 日至 15 日，张文彬主持召开开发技术座谈会。

　　焦力人、阎敦实、马永林、查全衡、李道品、杨培山、张会智等领导及有关专家，战区各有关单位的干部和技术人员、工人代表，大庆、胜利、辽河、四川及华东石油学院等兄弟单位的代表，石化部规划院等部门的代表，共160余人参加了此次会议。

　　大港油田研究院总地质师李绍光，就任丘油田的地质特点，向大会做了汇报。

　　接着，会议开始论证油田的开采方式。

　　从小组讨论到大会发言，大家对已提出的四种开采方案，进行了对比分析。

　　在此次会上，张文彬虽很少说话，可他的大脑在过滤着每一位同志的发言。

　　经过反复思考，张文彬认为：不注水，依靠天然能量开发，达不到较高的开采速度；内部注水，将可能产生严重的水蹿；腰部注水有可能见不到全面注水效果；边部、底部注水能较好地适应油藏特点，既能保证较高的开采速度，又能取得好的开发效果。

　　很明显，采取后一种方案比较可行。

　　可一向谨慎的张文彬并没有急于表态，他还想听听各方面的意见。

　　在休会期间，张文彬一会儿与这位专家聊，一会儿与那位专家说。

　　吃罢晚饭，一有空时，张文彬就到技术人员和工人代表的住处"蹲点"。

最后，博采众家之长，张文彬提出了最后裁决方案的几条原则：

一是要能满足国家对原油产量的需要，更要有较长的稳产期；

二是要有利于提高油田开发水平；

三是开发设计要达到国内最高水平，开发指标要和国外相似的油田对比，要敢于赶超外国的水平；

四是要学习大庆油田开发中的好经验，创立中国自己的石油新学派。

最后，依据张文彬讲述的几条原则和有关专家的建议，大港油田研究院杨培山等人草拟了《采用边部、底部注水保持压力方式开发任丘油田》的报告。

这个报告很长，其主要内容就是早期注水的开发方式。报告提出设计总井数34口，其中生产井22口，取心井4口，观察井5口，试验注水井3口。

油田开发建设的总体原则是：先简易上产，先建油田，后建基地；抓好关键井，保重点工作，尽快找到第二个、第三个高产油田。

油田技术座谈会结束了，邀请的专家分别踏上了归程。按理说，"客走主人安"，可张文彬的心还是静不下来。

吃罢晚饭，张文彬沐浴着落日的余晖，在住所门前的小道上散步，大脑里仍思考着油田开发与建设的部署问题。

这时，会战指挥部副指挥阎敦实、地质工程师查全衡迎面走来。张文彬把两人让进了屋。

其实，这两人还有其他几个助手都是张文彬的常客。有时是来串门的，有时是张文彬叫来"说话"的。

周围的人都知道张文彬有熬夜的习惯，所以，无论谁来这里都很随便，只要张文彬不太忙，就坐下来说个没完。其实说的都是工作上的事。

此刻，张文彬和阎敦实、查全衡没说几句话，又提起了"油"的话题。

"估计这个方案部里能批吧?"查全衡指着桌面上的报告问了一句。

阎敦实往桌前凑了凑，发现报告首页的空白处，有张部长的签字：

同意上报，张文彬。

张文彬语调慢悠悠地说："关键是看咱们对这个方案持什么态度。"

两位助手似乎明白了张文彬的意思，相视一笑。查全衡说："咱们的态度全在座谈会上明确了。"

张文彬语调缓慢而有力地说："是明确了，但还有好多新东西等待我们进一步明确。任4井出油到现在，不足一年时间，况且我们面对的是碳酸盐岩油藏的新课题。要答好这份卷子，世界上先进的技术要学，大庆及其他砂岩油田的经验要参考，但更重要的是要走好自己的路，要想新的、干实的，对油田来说，就是以是否有最高的采收率来检验。所以说，检验一个开发方案，最终不是以哪一级或哪一个权威的结论而定的……"

张文彬抿了一口茶，接着说："下一步的工作，要更细、更实。毫无疑问，随着油田开采期的延长，开采方案有调整，但大同小异。所以，从一开始，就要过细做工作，既要争取高产，又要力争稳产。"

"在这一点上，大家已经很明确了。"阎敦实将身子靠在木椅背上，说，"今天上午，我碰见油田指挥部的张会智指挥，问了问情况。他说，他们已分路到各采油队、站传达这次技术座谈会精神，要求全体参战职工继续调查研究，取全取准第一手资料，将大力推广技术人员和工人、干部在油井现场进行的'三结合'油田分析和技术联合攻关经验，继续抓好岗位练兵，开展争当油层分析技术能手活动。"

"对，解决新课题仍要发扬大庆'三老四严'的作风。"张文彬说，"油田即将进入大规模开发阶段，油井越打越多，地面工程将全面展开。因此，各级领导要有对油田负一辈子责任的思想，要有一股干一件事就要干好、干不好就推倒重来的作风。还要用'一条龙'的大协作精神保证高速度、高水平地拿下大油田……"

就这样，他们的这次"聊天"，就像刹不住车似的进行着，不知不觉时间已经是深夜了。

查全衡瞥了一眼手表，不由得说："夜深了，张部长赶紧休息吧！"

"几点啦？"张文彬猛醒似的问道。

"零时过 6 分。"

像条件反射似的，张文彬起身打了一个长长的哈欠。

临出门，张文彬冲阎敦实说："这个开发方案部里批准后，实施工作你负责吧！"

"好！"阎敦实爽快地答道。

4 月 25 日，石油化学工业部批准了任丘油田的开发方案。

这对任丘油田开发系统的职工来说是个里程碑。也就是从这一天起，油田正式投入开发。

任丘油田跨进新时代

1976年4月25日，任丘油田开发方案获得石油化学工业部批准后，油田开发正式展开。

为了实现古潜山油井的高产，井下作业工人在油井酸化方面出了大力。1976年初成立的井下作业指挥部，是在原来大港油田勘探二部一个试采大队的基础上发展起来的。

为了尽快建成任丘油田，井下作业指挥部迅速地从大港等地调来4个作业队，半个月后就开展了酸化、试油。

所谓酸化，就是将盐酸注入油层中去，使盐酸和石灰岩快速起化学反应，扩大灰岩中的孔隙，疏通油流的通道，让石油能够比较畅快地从地层中流出来。

在来到任丘之前，4个作业队的工人只搞过小型酸化，一次向地层注盐酸不过十来立方米。

来到任丘之后，他们第一次在任11井进行大型酸化作业，一次向灰岩地层注酸一百多立方米，结果使这口井的原油产量一下子增加了5倍，由初产每天685吨提高到4201吨，这为灰岩酸化提高原油产量提供了很好的实践经验。

当时，工人们积极性是非常高的，在任9井搞酸化时，酸化队提前两天就把酸化车开到井场，并对车细心保养，反复检查。

在酸化进行时，队长孙开基两天两夜盯在井场，实在困了就和衣睡两个小时。在酸化作业最紧张的时候，孙开基整整 27 个小时没有合眼。

在试任 13 井的时候，正值大雨滂沱，油管无法送到井场。当时，两位副指挥带队，组织了 100 多名机关、后勤职工，踏着泥泞的土路，硬是靠人抬肩扛把 700 米油管和 4 顶帐篷送到井场，保证了油井正常施工。

在石油工人的奋力拼搏下，任丘油田建设步伐飞速前进。到 1976 年 5 月，任丘油田的新任 5、任 9 和任 26 井相继酸化、试油成功。

这 3 口井投产以后，任丘油田原油日产水平第一次突破了 1 万吨。

1976 年 6 月，任丘油田共有 8 口油井投入生产，原油日产水平达到 2 万吨。

到 9 月 30 日，任丘油田已有 14 口井投产，原油日产水平达到 3 万吨，提前 3 个月实现了简易投产的设计生产计划。

任丘油田，以平均每季建成 300 万吨生产能力的速度，在不到一年的时间内，就建成了年产 1000 万吨的生产规模，在中国石油开发史上，创造了前所未有的高速度。

与此同时，任丘油田的开发和建设，做到了当年勘探、当年建设、当年开发、当年收回国家投资的"四个当年"，创造了中国当代找油新纪录。

任丘油田较早投产的 14 口油井，平均一口井一天产油 2081 吨。这个数字是我国几个砂岩大油田单井产量的几十倍甚至上百倍。

任丘的一口高产井，一年可产原油 100 万吨，这相当于一个中小油田的年产量。

早在开发之初，康世恩部长在听取渤海湾找千吨井汇报的时候曾经说："要使石油工业跨入千吨井的时代。"

任丘油田的开发，使康世恩的愿望很快实现，任丘油田率先跨进了这个时代。

建成第一条输油大动脉

1976年，在进行任丘油田开发建设之时，关于油田管道工程的设计工作提前进行。

早在1975年底，经过设计人员的共同努力，任丘到沧州南输油管线工程的设计方案已经完成。

但是，接踵而来的第二个困难，是任丘油田建设工程紧急上马，建设物资来不及列入国家计划，设备器材几乎一无所有。

管道建设遇到了阻力。就在此时，中央领导同志对华北石油会战给予很大的鼓励和支持。

1976年初，国务院副总理李先念带领国家计委、经委、冶金部、交通部、物资总局、石化部等部委的负责同志来油田视察，并组织了现场办公，决定动用国库，为油田建设解决了急需的设备和器材。

随后，河北省和石化部物资局也多次来油田，帮助解决物资紧缺和其他问题。

这些都为油田建设打下了坚实的物质基础，创造了有利的条件。

有了物资，怎样组织建设队伍，争取时间，按时完成建设任务，这又是一个必须认真考虑、亟待解决的问题。

为此，石化部首先决定让大港油建指挥部承担任丘油田的建设任务。随后，石化部又把在山东施工的江汉油田管道施工指挥部调到任丘。

接到石化部的命令后，正在祖国一条输油大动脉上施工的江汉管道施工指挥部职工，星夜兼程，直到任丘会战。

当时，有十几名参加过大庆会战的老工人，从秦京管线转到胜利油田，已经有两年没回家了，不少职工本来已买好回家探亲的火车票，但听说要上任丘新区会战，就毅然退了火车票，报名参战。

管道局华北指挥部电力通信工程公司的职工，接到会战的通知时，正在秦京管线搞收尾工作，他们争分夺秒赶工程，用一天时间突击完成了 5 公里收尾工程，踏上了新的征途。

与此同时，第十三石油化工建设公司的职工，也告别了黄土高原，来到华北。

1976 年 1 月 1 日，华北油田第一条输油大动脉任沧管线在鞭炮声中全面开工。

开工时，正是"三九四九冰上走"的时候，北风呼啸，大地封冻，但石油工人无冬天。

参加会战的大军，有的连夜赶了十几个小时的路程，有的坐着敞篷汽车。一到工地，顾不得擦把脸，连住的地方也不找，就带上工具往施工现场跑。

会战队伍来得快，上得猛，一时间设备赶不上，材料不足；有的队伍人员新，技术不熟。

怎么办？答案只有一个：有条件上，没有条件创造条件也要上！

基层工人更干脆，一句"开足马力快上，挽起袖子大干"就概括了一切。

当时，江汉油田管道施工指挥部挑起的是建设100公里管道和35处穿越工程的重担。

施工开始时，正逢阳历新年和春节两个传统节日，江汉油田管道施工指挥部的干部明确提出"节前不松劲，节日夺高产，争分夺秒打破常规，过一个革命化春节"的口号。

工人们响应号召，一天工作十三四个小时。白天干不完的，晚上就挑灯夜战。

顿时，在一条100公里的施工线上出现了一条火龙。

施工中，江汉油田管道施工指挥部一大队一中队的工人一天三顿饭都在工地吃，手冻肿了，眼熬红了，没有一个人叫苦叫累。

就这样，一中队的工人只用28天就完成了17公里管道施工任务。

和一中队的工人一样，其他单位的工人也不甘落后。春节这一天，管道绝缘厂创出了日绝缘6公里钢管的好成绩。

与此同时，机械化大队也奋勇争先，他们把管道绝缘厂处理后的绝缘钢管及时运到工地，比平时快了一倍多。

在全体工人的一致努力下，指挥部一月份就焊接了45公里管线，到2月20日，指挥部就完成了全部管线焊接任务。

在管道施工中，华北输油管道指挥部电力通信公司承担的是150公里通信线路和6公里输电线路架设任务。

当时，这个电力通信公司的队伍新，女同志多，但设备不多。没有打洞机、立杆机和推土机，给电线杆挖洞成了难题。

面对困难，电力通信公司的女工们明确表示："我们女工绝不比他们男工差，男工能干的，我们女工人也能够干！"

于是，电力通信公司的女工们就用铁锹和镐头刨开一尺多深的冻土层，硬是用人工挖出一个个电杆坑。

挖完坑后，她们还用人抬肩扛运电杆，用双手和拉大纲来立电杆。

当时电力通信公司承担的任务需要沿线穿越13处公路、铁路和9处河流。

就这样，以女工为主的电力通信公司工人，在泥里雪里、土里水里，没白天没黑夜地干，终于不负众望，提前完成了全部建设任务。

任沧管线在施工中，还得到了沿线人民群众的大力支援。

在这条管线经过的1市4县27个公社120多个大队

的农民，听到华北油田要修管道，都非常高兴，并纷纷表示尽自己最大的努力支援管线建设。

为此，沿线农民让出300多间民房给工人住，抽出近万名民工参加施工。

就连春节那天，还有500多民工顾不上回家过节，仍和工人一起大干。

2月下旬，在子牙新河、子牙老河、北排河3条河里要挖4米深的管沟。

当时，这3条河的大部分河底都是水下流沙和淤泥，给施工带来很大困难。

当地县、社领导知道后，立即组织了4000多名民工和石油工人一起，脱下棉裤跳进冰冷刺骨的泥水里，想了很多办法，疏通淤泥。

经过努力，施工人员仅用11天就圆满完成了3条宽120多米的河流开挖和穿越任务。

4月1日，这条长100公里、年输油能力为500万吨的输油大动脉，连同配套工程全部按期建成投产。

投产后，任沧管线每天把1万多吨原油，输送到沧州石油化工厂炼油或装火车外运到全国各地。

任沧管线这条输油大动脉的建成，使华北油田的石油开发有了重要的运输保障。

建成第一座大型联合站

1976 年 1 月 1 日，和第一条输油管道同时开工的还有任一联合站，习惯称为南大站。

南大站，是任沧管线的首站，也是华北油田修建的第一座大型联合站，该站年处理能力为 500 万吨。

该工程的重点是建两座 1 万立方米储油罐。这个关键工程由大港油建指挥部施工。

过去，大港油建指挥部采用"充气顶升"工艺，只干过 5000 立方米以下的罐，对于任一联合站这种 1 万立方米的大罐，他们没有干过。

为了保证工程质量，加快工程进度，大港油建指挥部先后召开 20 多次有工人、干部和技术人员参加的"三结合会议"，制定了施工技术措施。

与此同时，大港油建指挥部还组织了两个突击队各建一座，开展了社会主义劳动竞赛。

施工开始后，大港油建的工人们早起晚归，一天干十四五个小时。

早上三点半，中午带上饭，晚上连轴转，全力保会战。

当时工地的这个顺口溜，就是他们抢建大站的生动写照。

施工紧张时刻正赶上春节，为了保证工程按期完工，大港油建的工人们在春节当天仍坚持施工，没有一个人回家。除夕之夜，电焊的弧光比节日的焰火更灿烂，大家干得热火朝天。

很快，大家的努力带来了丰硕的成果。

二大队一中队仅用 13 天，就同时建成了这两座大型储油罐，比原计划 40 天提前了 27 天，保证了按时投产。

5 月，大港油建的工人们又创造了四天半建一座 1 万立方米大罐的新纪录。

7 月中旬，大港油建的工人们又接到了两座 2 万立方米储油罐的任务，要求国庆投产。

这样的大罐大港油建的工人们连见都没见过，如果采用"充气顶升"工艺施工，必须有 30 台大型压风机。哪里去找这么多的大型设备，真是困难重重！

为此，大港油建的工人们立即派人到外地取经。

当时，外地大罐施工多采用"水浮正装"施工法。如果用这种方法施工最快也得 4 个月才能建成，赶不上工期要求。

在困难面前，施工人员就自己想办法，动员大家献计献策。

在集中群众智慧的基础上，施工人员综合了十多个施工方案，他们把"水浮正装"的"水浮"和"充气顶升"的"倒装"结合起来，在我国头一个创出了"水浮倒装"新工艺施工方案。

该方案很快得到了有关领导的支持，并投入实施。在施工过程中还碰到其他的一些难题，但通过干部、工人和技术人员的同心协力和艰苦奋战，这些难题都一个一个被解决了。

经过 25 个日日夜夜的苦干和巧干，两座大罐同时建成了。比"水浮正装"法提高工效 4 倍多，创造了我国大罐施工的新工艺和新纪录。

3 月 31 日，经过油建工人 3 个月的野外苦战，南大站一期工程，仅用 82 天就建成了。

当时，影响任沧管线和南大站 4 月 1 日投产的一个严重问题是没有生产电源。为此，会战指挥部组织钻井、设计院、机修厂和供应部门的专家们联合攻关，反复琢磨，提出了解决方案，又经设计院机械组的设计人员连续突击，终于搞出了设计方案。

大港油田机修厂经过精心研制，试制成功大马力柴油机通过中间轴和气囊离合器直接带泵输油装置，保证了南大站 4 月 1 日按期投产，为早期无电源油田和长输管线输油开辟了一个新途径。

在这同时，任 4 井、任 6 井、任 7 井、任 11 井和任 15 井五口高产油井和集油管线也先后建成。真是水到渠成，4 月 1 日按计划全面正式投产。

4 月 1 日，南大站红旗招展，锣鼓喧天，大站附近几十里的村民都跑来看南大站投入运营。

作为建设者的石油工人更是兴奋，他们纷纷穿上新装，来到大站观看盛况。

这一天，上万吨原油集中到南大站，通过同时建成的任沧管线输到了沧州，实现了会战指挥部制定的 4 月 1 日原油上 1 万吨的第一个战役目标。

当一些工人看到大站运营正常后，他们都激动地流下了泪水。

4 月 5 日石油化工部发来贺电，电文中说：

> 只用三个月就高速优质建成了这条管线，打出了长距离输油管道和万方大罐冬季施工的新水平，做到了投产一次成功，为加快高产油田的开发建设，为石油工业高速发展作出了新的贡献！

妥善解决原油北输问题

1976年2月，当南大站和任沧管线正在紧张施工的时候，原油北输工程已经开始酝酿了。

1976年2月23日，石油化工部正式发出抢建任丘到北京输油管线的通知。通知要求，北输工程3月开工，6月底建成，7月1日把原油送到北京。

这又是一项规模宏伟的紧急工程，必须重新组织力量，打好第二个战役。

根据任丘油田的总体规划，新设计的任京管线全长120公里，穿过河北省的任丘、雄县、安新、新城、滁县和北京市的房山6个县。管径0.529米，年输油能力1000万吨。

1976年3月26至28日，华北输油管道指挥部在房山召开了任京输油管道工程会议，设计、施工单位和有关地、县的122人参加了会议。此次会议进一步明确了组织领导、任务分工和施工部署。

3月底，管道设计院交出了设计，这为施工争取了时间。

4月至5月本来是施工的黄金季节，可是永定河流域的风沙却给施工工人带来了难言的苦楚。

100公里施工线上，近万名民工挥锹破土，开始了管线的施工。然而，风沙却像一条黄龙在旱海里滚动，刮得人睁不开眼，晚上脱下衣裤能抖出几两泥沙。

送走了肆虐的风沙，施工人员又迎来了酷暑。干热干热的酷暑，叫人透不过气来。

工人们就是这样战风沙、斗酷暑，抢时间、争速度，共穿越了公路、铁路、河渠等39处，仅用不到3个月的时间，就把120公里长的输油管道铺到了北京。

6月21日，首站开始输热水，沿线各站都及时做好了收尾和投产衔接工作。

6月30日投油首站，7月1日末站见油，一次投产成功。

在管线建设的同时，北大站的建设也开始了。

北大站，规模为500万吨。这个站是北京炼油设计院支援设计的，由第五石油化工建设公司主攻，油建一公司、基建工程兵、河北省建一公司配合施工。

第五石油化工建设公司是一支转战南北20多年的老队伍，在化工炼油建设方面积累了丰富的经验，但搞油田建设，这还是第一次。

3月下旬，第五石油化工建设公司一面完成北京东方红炼油厂的聚丙烯收尾工程，一面向任丘集中队伍。

起初，第五石油化工建设公司兵分几路，人员不足，许多炼油施工设备在油田又用不上，加上任二联合站的设备、材料缺口比较大，北大站的施工一度受阻。

但是，第五石油化工建设公司并没有被困难吓倒，

公司党委提出了响亮口号:

前方后方总动员,人员不够一顶三,

时间不够连轴转,材料不够自己垫,

全力以赴保会战。

为解决困难,第五石油化工建设公司的党委书记和经理还亲自带人到北京、天津基地库房清仓查库,找到了工程急需的钢材 200 多吨,配件几十种,甚至他们还把盖家属楼的钢筋、木材也调出来,支援油田,运到了前线。

1976 年 5 月 8 日,南大站召开了开工誓师大会,主体工程正式开工。

第一期工程分油罐区、加热炉区、分离区和总机关 4 个施工区,重点是 4 座 1 万立方米储油罐、总机关的 8 具大型分离器和两座 400 万大卡每时的加热炉。

5 月 9 日晚,第五石油化工建设公司的全体干部和工人组成一个突击队,为第二天大罐焊接创造条件。

5 月 10 日,过去没建过大罐的二大队七中队的管工们,头一天就顺利地焊起了大罐的第一圈。

接着,他们仅用 7 天就干完了第一座万方罐。

5 月 17 日,六中队又用 4 天建完了第二座万方罐,这个纪录掀起了北大站的施工高潮。

为此,一大队和三大队苦战 6 昼夜,又同时建成了

生产开发

117

另外两座万方罐。

6月6日北大站开始烘炉，6月10日两座加热炉正式点火。

6月20日主体工程达到进出油条件。7月1日，任二联合站一次试运成功，仅用52天就建成投产，通过任京管线把原油送到了北京。

到7月1日，南北两座大站和南北两条输油大动脉，每年可把1000多万吨原油输向沧州和北京，为华北油田进一步提高原油产量创造了条件。

南北输油管线的建成输油，成功解决了华北油田的原油外输问题，为华北油田的顺利扩大，提供了重要保障。

至此，任丘油田建设首战告捷。

从此，华北油田以产油量第三的身份，载入中国油田史册，华北油田的历史翻开了新的一页。

本书主要参考资料

《国史全鉴》 本书编委会编 团结出版社

《共和国经济风云》 赵士刚主编 经济管理出版社

《共和国开国岁月》 张国星 何明著 中共党史出版社

《风云七十年》 郭德宏主编 解放军文艺出版社

《石油摇篮》 本书编委会编 甘肃人民出版社

《老兵的脚步》 张文彬主编 石油工业出版社

《王进喜—中外名人故事丛书》 刘深著 中国和平出
　　版社

《中国石油地质志》 翟光明 陆荣生主编 石油工业出
　　版社

《油海群鸥》 华北石油管理局党委宣传部等编 内部
　　资料

《石油师人—在华北油田纪实》 华北油田编写组编
　　石油工业出版社

《华北油田十年》 华北石油管理局史志编辑室编 中
　　国科学技术出版社